ヴィクトリアン・ホテル

下村敦史

実業之日本社

高層ビルが建ち並ぶ都内の一等地に存在する『ヴィクトリアン・ホテル』は、地上九階、客室数二百八十室、贅を尽くしたレストラン七軒を誇る、日本有数の超高級ホテルだった。従業員は二百五十名を超え、きめ細やかなサービスで国内外の客に愛されてきた。

その『ヴィクトリアン・ホテル』は、明日をもってその歴史にいったん幕を下ろす。

ヴィクトリアン・ホテル

Victorian Hotel

装画……いとうあつき

装幀……大岡喜直（next door design）

S 佐倉優美

『ヴィクトリアン・ホテル』の入り口の前にタクシーが停《と》まると、ドアが開き、一分の隙もなく制服を着こなした中年のドアマンが「いらっしゃいませ」と出迎えてくれた。

佐倉優美《さくらゆみ》は笑みを返してタクシーから降り立った。七分袖のリボンドレスの上からロングコートを羽織っている。胸には真珠のネックレスをつけ、肩にはショルダーバッグ――。

秋風が吹き抜けていくと、優美は風になぶられる黒髪を押さえた。

入り口までエスコートしてくれたドアマンがガラスドアを開け、「どうぞ」と笑顔を向けてきた。

「ありがとうございます」

優美は軽くお辞儀をし、『ヴィクトリアン・ホテル』のエントランスホールに進み入った。

真っ先に視界に飛び込んできたのは、逆のY字のようになった中央階段だった。赤色のカーペットが貼られており、一段一段、真鍮《しんちゅう》のバーが押さえつけている。

エントランスホールのビアンコ柄の大理石の床は美しく、輝き続けていた。イタリア産だという。

内装はヨーロッパの古城をモチーフとしていた。クリーム色の壁に施された装飾《モールディング》の内側には、赤と黒のダマスク模様の壁紙が貼られている。天井と壁の取り合い部には、植物柄の廻り縁《クラウン》が張り巡らされている。

豪奢《ごうしゃ》な造りでありながら、アンティーク風の調度品が調和しており、安心感を覚える。内装がヨーロッパ風に改修されたのは四十五年前らしい。

左側には巨大な絵画が飾られていた。全てを受け止めるような慈愛の表情でほほ笑む聖母が両腕を広げ、小人のような老若男女を包み込もうとしている。約三百年前のイタリア人画家によって描かれたという。

数年ぶりの宿泊だが、何も変わっていない。『ヴィクトリアン・ホテル』は伝統の佇《たたず》まいを残しているのだ。それこそ、年月を重ねて魅力が増すアンティーク家具のように。

エントランスラウンジには、金糸と銀糸で模様を織り出す金華山《ビロード》の赤いソファが並んでいた。テーブルもヴィクトリアン調で、彫刻が美しい猫脚だ。利用客はみんな、高級そうなスーツを着こなし、優雅な所作でくつろいでいる。

優美は入り口の花台に置かれたアルコール消毒器で手を消毒してから、フロントへ近づいた。並んでいるフロント係全員がマスク姿で対応している。

新型コロナウイルスの流行により、世界は一変した。東京オリンピックは延期が決まり、来年開催できるかどうかも分からない。トイレットペーパーが品切れになるというデマも流れ、真に受けた人々が買い占める騒動も起きた。

緊急事態宣言は五月下旬に解けているので、十月現在は徐々に日常を取り戻しているものの、気は抜けない。

ホテルマンがにこやかな顔で声をかけてきた。マスクで口元が隠れていても、柔和な目元で表情が分かる。

「チェックインでしょうか」

胸の名札には『岡野《おかの》』と書かれている。物語の中の執事を思わせる風貌で、ロマンスグレーの髪は老いよりも魅力を醸し出すのに一役買っていた。

「はい」

「それでは、こちらへどうぞ」

ホテルマンの岡野は、数メートル先のフロントまで案内した。四名のフロント係が立っており、それぞれに客が並んでいた。日本人だけでなく、ダークグレーのスーツを着こなした白人男性や、中国語を喋《しゃべ》っているアジア系の女性もいる。今は入国が制限されているから外国人は珍しい。

優美は老夫婦らしい二人連れの後ろに並んだ。スマートフォンでメールチェックしながら待つ。

「――最後だから思い出のホテルに宿泊しようと思ったの」

ふと柔らかい声が耳に入り、優美はスマートフォンから顔を上げた。老婦人がフロントの女性に話しかけていた。彼女の手は老紳士の二の腕に優しく添えられている。

最後――か。

百年の歴史を持つ『ヴィクトリアン・ホテル』は、耐震の問題などもあって全面的な改築が予定されており、明日の夜が見納めになる。改築に反対する署名活動まで起きたほど、人々のあいだで愛されていたホテルだ。

そんな日に部屋が取れたのは奇跡だった。

「それでは林《はやし》様、どうぞごゆっくりとお過ごしください」

フロントの女性が満面の笑顔と共に、林と呼ばれた老紳士にカードキーを手渡した。

「……四〇三号室ですね」

老紳士がカードキーを受け取ると、すぐさま若い男性ホテルマンがカートを押しながら現れた。

「お客様。お部屋までお荷物をお運びいたします」

老婦人がほほ笑みを向ける。

「まあ、ご親切にどうもありがとう」

老婦人が自分の大型バッグをカートに置こうとしたとき、荷物の重さのせいか、バランスを崩した。

「あっ！」

優美は反射的に手を伸ばし、老婦人を支えた。彼女が倒れずにすみ、ほっとする。

「お客様、お怪我《けが》はございませんでしょうか」

ホテルマンの岡野が心配そうに訊《き》く。

老婦人は「お嬢さんが助けてくれたから平気です」とはにかみ、体勢を直した。優美に向かって言う。

「ごめんなさいね。この歳《とし》になると、体の自由が利かないものだから」

「お怪我がなくてよかったです」

老紳士がハンチング帽を脱いで頭を下げた。

「すみません、家内がご迷惑をおかけして」

「いえ、気にしないでください」

老婦人は儚《はかな》げな笑みを浮かべた。

「どうもありがとう、優しいお嬢さん」

優しい――か。

優美は「いいえ」と笑みを返しながらも、胸の奥にチクッと刺さる棘《とげ》の痛みを覚えた。

――優しさは呪いだ。

引き攣《つ》った笑みになっていなければいいが。

老婦人は追憶の眼差《まなざ》しでエントランスホールを眺めていた。最愛の人との別れを惜しむような口ぶりで言う。

「ここがなくなってしまうのは残念ねえ。忘れがたい思い出があるもの」

岡野が答えた。

「改築ですので、二年半後には新しく生まれ変わっています。ぜひまたお越しください」

「そうね。でも、そうなったら私たちの思い出が残ったホテルとはもう違うもの。やっぱり寂しいわ」

開業してちょうど百年――か。数え切れないほどの宿泊客を受け入れてきた『ヴィクトリアン・ホテル』は、きっと大勢の人々の思い出となっている。

老紳士は妻の手を取った。

「ほら、俺が杖《つえ》になってやる」

「ありがとう、あなた」

若い男性ホテルマンに先導され、二人でエレベーターホールのほうへ歩いていく。

仲睦《なかむつ》まじい夫婦だと思った。少々羨ましくもある。

「お客様、お待たせいたしました。どうぞ」

林夫妻の背中を見送っていた優美は、岡野の声に向き直り、フロントに歩み寄った。

「お名前をお願いいたします」

「佐渡島《さどしま》優美です」

芸名ではなく、本名を名乗った。

「佐渡島様ですね。少々お待ちください」フロントの女性はパソコンを操作した。「お一人様、スーペリアハリウッドツインのご利用ですね」

「はい」

『ヴィクトリアン・ホテル』最後の一夜だから、奮発した。ランクが下がるシティホテルでも普段ならスタンダードだ。

優美はカードキーを受け取った。

案内係の女性に従ってエレベーターで八階へ。朱色の絨毯《じゅうたん》の廊下を歩き、部屋に入ると、女性は設備の説明を過不足なくしてくれた。スイッチの位置、冷蔵庫の場所、有料の飲料水や菓子類や果物、金庫やテレビの使い方――。

案内係が部屋を出ていくと、優美はコートを脱ぎ、クローゼットにかけた。ベルトを緩め、ソファに腰を落ち着ける。一息つきながらリモコンでテレビを点《つ》けた。

適当にチャンネルを替えると、白黒の洋画が放送中だった。室内でスーツの中年男性がソファに座っていて、美貌の女優が寄り添っている。

セピア色の画面からは独特の空気感が漂っていた。

女優は――往年の大スター、グレタ・ガルボだった。映画『アンナ・カレニナ』を観《み》たことがある。

中年男性はジョン・バリモアだ。

リモコンで映画の情報を確認した。『名画座』というチャンネル名で、『グランド・ホテル』と映画名が記されている。タイトルは聞いたことがある。大昔の名作だ。

そういえば観たことがなかったな、と思い、しばらく鑑賞した。ホテルを舞台にした群像劇のようだった。

自分だったらどう演じるだろう。

物語の筋を追いながらも、優美は頭の中で自分とグレタ・ガルボの名演を重ね合わせていた。

M 三木本貴志

『ヴィクトリアン・ホテル』のエントランスホールに踏み入ったとたん、三木本貴志《みきもとたかし》は自分の惨めさを思い知らされた。

アンティーク調の調度品が寸分の狂いもなく配置され、暗黙のドレスコードを守ったような宿泊客が談笑している。どんな人種なのだろうか。実業界の社長か？　政治家か？　国際的なビジネスマンか？　青年実業家か？

何にせよ、人生の勝ち組には違いない。黒のジーンズに同色のジャケットに髭面《ひげづら》では、ずいぶん浮いているだろう。血統書付きのドッグショーに迷い込んだ野良犬も同然だ。

エントランスホール内をきょろきょろと見回し、どう振る舞うのが正しいか、お手本を探した。しかし、流れるような所作で洗練された人間たちを眺めていると、違いを思い知らされ、胸が掻《か》き乱される。

壁面に飾られた巨大な絵画が目に入った。愛する子供たちを見つめる母親のような眼差しの聖母が描かれていた。年齢も性別も違う小人たちを抱え込もうとしているようなポーズだ。そこに表現されている無償の愛に苛立《いらだ》ちを覚えた。

「チェックインでしょうか？」

突然話しかけられ、心臓が飛び上がった。名札に『岡野』と書かれた中年のホテルマンだ。三木本は強張《こわば》った笑みを返すのが精いっぱいだった。

「あ、いや――」胸を上下させ、息を吐く。「知り合いと待ち合わせです」

無難な答えを選択した。

ホテルマンの岡野が「失礼いたしました」とお辞儀をして去っていく。

三木本はその背中を見送った後、大きくため息をついた。絨毯の面積よりもベッドの面積のほうが広いような馴染《なじ》みの安ホテルでは、フロントすら無人の時間帯が多かった。日本最高級のホテルはさすがに違う。

圧倒された。

同時に――恐怖を覚えた。ホテル内のあらゆる場所にホテルマンたちの目が光っているのではないか。

三木本は居心地《いごこち》の悪さと不安を感じながら、エントランスホールを離れた。大理石の硬い床を踏みながら北側へ向かうと、エスカレーターを発見した。

壁の案内板を見る。

二階は様々な『間』になっているらしい。

三木本はエスカレーターを上った。二階で降りると、奥のほうから賑《にぎ》やかな声が聞こえてきていた。

興味を引かれて歩いていくと、二階ホールの前に案内板があり、白い紙が貼られていた。医学界や大手企業の年末パーティー、文学賞の授賞式など、様々な会が催されているようだ。

三木本はホールを歩き、医学界のパーティー会場である『玄武《げんぶ》の間』に近づいた。出入り口に長テーブルはあるものの、人の姿はない。当然、会費などが包まれた茶封筒が置かれているわけもなく……。

舌打ちしながら出入り口に近づいた。喧騒《けんそう》が大きくなる。中を覗《のぞ》き込むと、スーツ姿の男たちが大勢集まっていた。女性の比率は少ない。

幾重にも重ねた豪奢なカーテンのようなクリスタルシャンデリアが高い天井から吊《つ》り下がり、煌々《こうこう》と光を放っていた。中央には白いクロスが掛けられたテーブルが『口』の字形に配置され、料理が並んでいる。

華々しい世界に眩暈《めまい》がした。

参加者の医師たちと自分の格好を見比べ、鼻で笑ってしまった。所詮は一泊二千円、三千円の宿がお似合いの貧乏人だ。この服装では一発で追い出されるだろう。

よく見ると、医者たちの胸元には名札がある。部外者は絶対に入れないのだ。

『白虎《びゃっこ》の間』で行われている大手企業の年末パーティーも同様だった。スーツ、名札――。

――入り込めそうもないな。

分不相応なのは分かっている。

長続きしない清掃やコンビニ、居酒屋の皿洗いで食いつなぐ、その日暮らしだ。

自嘲の笑みが漏れる。

清掃のバイトでは、洒落《しゃれ》たスーツで自信満々に闊歩《かっぽ》する社員たちを横目に廊下を掃除し、コンビニでは理不尽なクレームを大勢の客から受け、居酒屋のバイトでは酒に酔いながら盛り上がる集団の仲の良さを見せつけられた。

誰からも相手にされず、機械的に仕事をこなしてきた。同僚の女性が顔を向けるのは、他の人間だけ。

他の人間が咳《せき》をしていたら、真っ先に「大丈夫ですか」と心配する女子も、将来がない三十代の男には見向きもしない。雪面で転んで打ちつけた顔面に大型の絆創膏《ばんそうこう》を貼っていたときも、存在が見えないかのようだった。

中学時代にいじめられていたときも、誰一人助けてくれず、担任教師も見て見ぬふりだった。

胸の携帯電話が振動したのはそのときだ。

三木本は携帯を取り出し、画面を確認した。一番避けたい相手からだった。

だが、無視はできない。

「……はい」

緊張を押し隠しながら電話に出た。「てめえ！」と怒声が耳を打った。鼓膜が痺《しび》れる。

「な、何ですか？　大声を出さないでください」

丸聞こえになるのではないか、と焦り、三木本は周囲を見回してから太い柱の陰へ駆け込んだ。溝が彫られた円柱は、ギリシャ神殿を思わせる。

「どこにばっくれてんだ、てめえ！」

脳に直接響いてくるような大声だ。

「……すみません」

とっさに謝罪の言葉が口をついて出た。

「居場所、言え、居場所！」

「言えません」

「ふざけんなよ！」

「許してください」

「馬鹿野郎！　さっさと金返せ！」

「……無理です」

「何が無理だ！　人生終わらせんぞ！」

――もう終わっている。充分に終わっている。

「無理なものは無理ですから！」

三木本は言い放って電話を切った。

額に滲《にじ》み出ていた脂汗を袖口で拭う。

どうせ、人生の最期に豪遊して終わりにするつもりだ。自分に優しさが存在しない世界なんて、クソ食らえ！

携帯を胸ポケットに戻し、一息つく。二階ホールを歩き回ると、『鳳凰《ほうおう》の間』の前に着いた。長テーブルの後ろに数人の男女が立ち、受付を行っている。

案内板には文学賞授賞式の文字――。

作家が集まっているのか。ホテルで授賞パーティーとは豪勢な世界だなと思う。

スーツ姿の人間が三分の二ほどで、後は私服の人間だ。ここなら紛れ込めるのではないか。

三木本は様子を観察した。数人が長テーブルの前に並び、受付の人間と談笑しながら記帳している。だが、特にチェックを受けず出入りしている人間もいた。

すでに記帳済みなら出入りが自由なのか、それとも有名人だから顔パスなのか。

三木本はタイミングを見計らい、数人のグループが受付を無視して入り口へ向かう瞬間に動き出した。受付の視線から隠れるように、グループの横に並んで歩いた。

見咎《みとが》められることなく、『鳳凰の間』に侵入することができた。二百人か三百人――。大勢が集まっている。

WHOが世界的大流行《パンデミック》を宣言してから日本でもマスクが日常の光景になった。だが、授賞式の参加者のマスク率は低い。

まあ、人のことは言えないが――。

三木本は壇上《だんじょう》を見つめた。金屏風《きんびょうぶ》の前に並ぶパイプ椅子に、三人の中年男性と二人の中年女性が座っていた。威厳があるので、肩書きを背負った人間だと一目で分かる。

右手には、正装した男が緊張した顔で座っている。背もたれに一切触れないほど背筋を伸ばし、両手は膝の上に置いている。面接官を前にしたように。

眺めていると、「お飲み物はいかがでしょうか」と黒服の女性が声をかけてきた。盆にはシャンパンが載っている。

一流ホテルの大宴会場は、サービスも隙がない。

「……どうも」

三木本は会釈してシャンパングラスを受け取った。早く飲みたかったが、口をつけている者はまだいなかった。乾杯の挨拶でもあるのだろう。

浮いてはいけないと思い、芳醇な香りにもぐっと我慢した。

やがて、ぼさぼさ髪の中年男性が壇上でマイクを手に取り、低く抑えた声で喋りはじめた。

「今年の受賞者は不惑の受賞ですね。不惑——。迷わず、心を乱さず、思い悩まないこと、です。が、受賞者が歩む道は険しく、苦難に満ちています。おそらく、大いに迷い、心を乱し、思い悩むでしょう。それでいいんです。苦しみながら物語を生み出してください」

挨拶は長々と続いた。

三木本はシャンパンに口をつけたくてうずうずしていた。

T

高見光彦

高見光彦《たかみみつひこ》は緊張を押し隠したまま、壇上のパイプ椅子に座っていた。心臓はずっと高鳴りっぱなしだ。握り締めたまま固まった拳の中は、汗でぬめっていた。

歴史がある伝統の文学賞の授賞式は、必ず『ヴィクトリアン・ホテル』の『鳳凰の間』で行われる。受賞したら、素人《しろうと》がいきなり大舞台に上げられるのだ。

選考委員代表の祝辞が終わると、文学賞を主催している出版社の社長が挨拶に立った。長身痩躯《そうく》で、白髪交じりの髪は薄い。マイクを手に取り、会場に集まった面々に喋りはじめる。内容はほとんど頭に入って来ない。

担当編集者から聞かされていた話によると、次が受賞者の挨拶だ。数百人の前で話をしなければならない。人生の中でそんな経験は皆無で、今まで人の注目を集めたことがない。〝壇上〟に上ったのは、中学や高校の卒業式で卒業証書を受け取ったときくらいだ。

壇上でカンニングペーパーを確認するわけにもいかず、高見は背筋を伸ばしたまま、必死で受賞の言葉を復唱していた。

このたびは栄えある賞をいただき——。

共に文芸同人誌を作っていた仲間に感謝し――。

受賞作に込めた想《おも》いは強く、世の中に対して――。

今後はよりいっそう精進し――。

言葉の断片が脳内に渦巻く。

出版社社長の挨拶が終わりに近づくにつれ、緊張が否応《いやおう》なく増してくる。喉は干上がり、拳は開かない。

失敗したらどうしよう。

一生の晴れ舞台で大恥を掻いたら――。

失敗を想像するたび、不安が雪だるま式に膨れ上がっていき、脳内が最悪のイメージで埋め尽くされていく。それは確実に訪れる未来を予期しているようだった。

「――それでは、続きまして受賞者の挨拶に移りたいと思います」

舞台下の片隅でマイクを握った司会が言った。

ペンネームを呼ばれると、全員の視線がいっせいに集まるのを感じ、高見は生唾を飲み込んだ。もしマイクを握っていたら、その嚥下音《えんげおん》は会場じゅうに響いたのではないか。

高見は深呼吸し、立ち上がった。水を打ったように静まり返る会場に、椅子の脚が床を引っ掻く音が響く。

強張った脚を踏み出し、舞台の中央へ移動した。マイクの前に立ち、今度は小さく息を吐く。

受賞――。

それは文学賞への応募をはじめてからの五年間、悲願だった。同人誌で小説を発表する仲間と文学論を戦わせ、作品を批評し合い、時には感情を剝《む》き出しにして、技術を磨いてきた。そして、今、仲間の中で一番大きな結果を出した。

受賞を告げたときは誰もが肩を叩《たた》き、祝福してくれた。だからこそ、受賞者に与えられている招待枠で五人を招待した。あとは両親だ。他には誰もいない。

高見はマイクを手に取り、受賞の挨拶をはじめた。賞を与えてくれた選考委員と出版社に謝辞を述べ、支えてくれた両親、共に切磋琢磨《せっさたくま》した文学仲間に感謝した。

「――受賞作は僕にとって最も思い出深い作品です。新人賞への落選が続き、打ちひしがれ、自分の才能を疑いはじめたとき、一つの出会いから生まれた物語です」

高見は作品が生まれたきっかけを語った。選考委員の選評の中でも特に褒められていた部分なので、熱が籠《こ》もり、気持ちもだんだんと高ぶってくる。

「――ですから、いただいた選評の中で、〝企《たくら》みに満ちた野心作だ〟と褒めていただけたことは、とても嬉《うれ》しく、光栄でした。これに慢心することなく、新しい作品を書き続けていきたいと思っています。本日はどうもありがとうございました」

万雷の拍手の中、高見は深々と頭を下げた。顔を上げると、先ほどと打って変わって情景がはっきり見えた。会場に集まる人、人、人――。小説の著者近影で知っている有名作家が大勢集まっている。

自分は大きな第一歩を踏み出したのだ、と実感した。

受賞の挨拶が終わると、花束と賞の贈呈だった。その後、人気作家の乾杯の挨拶に移る。

「――では、記念すべきこの新しい時代にデビューした作家の前途が輝かしいものであることを願って、乾杯！」

会場の作家たちがいっせいに「乾杯！」とグラスを掲げた。そして談笑をはじめる。

高見は壇上に残ったまま、新聞社の写真撮影に応じた。それが無事に終わると、担当編集者に指示されて下に降りた。テーブル席の前に各出版社の編集者が二列に並んでいる。

順番に挨拶を交わしていく。

「文堂館《ぶんどうかん》文芸第二編集部編集長の重田《しげた》です。このたびはご受賞おめでとうございます。受賞作は本当に素晴らしく――」

受賞作への称賛が続いた。それから、編集部のエースだという編集者を紹介される。

「まずはデビュー版元から受賞後第一作を出版されると思いますが、将来的にはぜひうちでも作品を書いていただきたいと思っております」

列をなしているのは十五社以上。必ず編集長か部長、局長クラスが編集者を連れていた。あまりに立て続けなので、すぐに顔と名前が一致しなくなる。

一度も賞の最終候補に残ったことがなく、文学の世界で自分の作品は無視されていると思っていた。だが、初の最終候補ノミネートで、受賞。こうして編集者が並んでくれる。

――人生、逆転だ。

緊張の大舞台を終えると、ようやく興奮が沸き上がってきた。受賞の連絡を貰《もら》った直後よりも、何倍も気持ちが高揚している。

一通り挨拶を終えると、落ち着くことができた。両親は最前のテーブル席から息子の晴れ姿を誇らしそうに眺めている。

高見は会場を見回した。作家たちが和気あいあいと会話しながら、一流の料理人が作ったブッフェの料理に箸を伸ばしている。並べられた長テーブルに和洋中の料理が並んでいた。

「僕が適当に取ってきますね」

担当編集者がブッフェのほうへ去っていくと、入れ替わるように文学仲間が寄ってきた。

「すんげえ世界だよなあ」一人が感嘆の声を上げた。「知ってる有名作家ばかりだぜ」

他の面々が口々に言う。

「お前が一番の出世頭だよなあ」

「まさか受賞するとは思わなかったよ。俺らの中でも、評価はCとBだったしさ」

応募作は事前に提出し、批評し合っている。大震災の傷をテーマにした作品は仲間内での評価が厳しく、構成や展開だけでなく、文章そのものも容赦なく切り捨てられた。

——主人公の人物造形が甘い。

——ヒロインに魅力が感じられない。

——展開が安易で、面白みに欠ける。

——文章が独りよがりで、気取りすぎている。

散々の酷評だった。納得できずに反発し、大激論になった。それは日常茶飯事だった。

だが、実際に最低限の修正で応募した作品は、四人の選考委員のうち、三人から熱烈な支持を受け、受賞した。

そんな経緯もあり、仲間たちは受賞を喜んでくれつつも、内心では複雑な思いもあるようで、気まずそうな表情もときおり見せる。

「そうそう」文学仲間の谷口正治《たにぐちまさはる》が皮肉な苦笑を浮かべた。「賞で評価されんのと、作品の質は別物だからな。浮かれずに精進しなきゃ、二作目なんか出せねえぞ」

ははは、と乾いた笑いが漏れた。

「笑ってないで真剣に聞けよ。そもそも、お前の作品は受賞してよかったのか？　人を傷つける内容だよな？　俺の知り合いの女性は不快になったって言ってたぞ」

谷口は、応募前にも散々まくし立てた作品の欠点を蒸し返し、執拗《しつよう》に批判しはじめた。

「真剣に聞けって言ってんだろ。せっかく助言してやってんのに。そんな態度じゃ、業界で生きていけねえぞ」

高見は喜びに水を差された気分で、聞き流しているしかなかった。

M 森沢祐一郎

『ヴィクトリアン・ホテル』の最上階にあるバーは、フランスの高級ホテルにも負けず劣らずの、クラシカルな雰囲気が作り上げられていた。高い天井からは、重厚な真鍮のシャンデリアが吊り下がっている。大理石が貼られたマホガニーのカウンターの前面には、植物模様の彫刻が施されていた。

森沢祐一郎《もりさわゆういちろう》は、奥の猫脚のソファに腰掛け、楕円《だえん》のローテーブルを挟んで若い女と向き合っていた。彼女は見知らぬ森に迷い込んできた生娘《きむすめ》のように、おどおどしている。

ウエイターがメニューを運んでくると、互いに受け取った。

森沢は彼女に「何にする?」と訊いた。

彼女はメニューに視線を落とし、困惑顔を上げた。

「……私、お酒、詳しくないんです」

「じゃあ、僕が適当に決めてあげよう」

森沢は手を挙げた。ウエイターが寄ってくる。

「お決まりでしょうか」

森沢は彼女にほほ笑みを向けてから、ウェイターを見た。メニューを返しながら言う。

「一番高い酒を」

ウェイターは面食らったように眉を反応させたものの、すぐかしこまった顔で「お持ちいたします」と立ち去った。

「あのう……」女性が当惑したように言った。「一番高いお酒なんて、もったいないです」

「はした金さ」

「でも――」

夜の世界でばら撒《ま》く大量の万札に比べたら、大した金額ではない。

「こんな時代だからこそ、金を遣うことが大事なんだよ。それに君にはそれだけの価値があると判断したんだよ」

彼女がはっと目を見開いた。嬉しそうにはにかむ。

「そんな……森沢さんにそんなふうに言っていただけるなんて……」

「事実だよ。君は輝くダイヤの原石だと思う」

「私なんて、全然――」

森沢は人差し指を立てて遮った。

「謙遜はなしにしよう。この世界、自惚《うぬぼ》れでも自信がなきゃ、生きていけないよ」

「は、はい！」

彼女が大きくうなずいたとき、シャンパンが運ばれてきた。琥珀《こはく》色の液体が目の前でグラスに注《つ》がれる。

「じゃあ、乾杯しようか」

森沢はグラスを取り上げた。

「はい」

彼女が慌ててグラスを手に取る。液体が跳ね、「あっ」と声を漏らした。

「すみません……」

「はは。緊張しなくていいよ。一滴が宝石一粒ってわけじゃない。普段飲んでいるお酒と同じだと思えばいい」

「でも――」

「ほら、乾杯しよう」

彼女が恐る恐るという仕草でグラスを掲げた。

「……今日の出会いに乾杯」

森沢はグラスの縁を軽く合わせると、シャンパンを飲んだ。辛みのある刺激が喉を通り抜けていく。

高級酒の味など元より大して分からない。だが、それで構わないとも思う。所詮は全て成り上がり者の道楽だ。

彼女はシャンパンに口をつけると、「美味《おい》しいです!」と大袈裟《おおげさ》に声を上げた。

森沢はシャンパンを飲みながら、彼女と会話した。ときおり質問を挟み、彼女の個人的な話を引き出していく。

「……私、地方から上京してきたんです」

「東京の印象は？」

「何もかも圧倒されました。でも、チャンスの街だと思います。地方じゃ、可能性はゼロですから」

「地方でも働き口はあるんじゃない？」

彼女は一瞬、視線を落としたものの、すぐに上げた。

「私は――平凡な女でいたくないんです。父は普通のサラリーマンで、母は専業主婦です。私は一般家庭で育ちました。でも、大学に入るだけの余裕はうちになくて」

「それで思い切って東京に？」

「はい。地元で適当な男性と結婚して、家に入って、ただ家事や洗濯をして、子供を産んで育てるだけの毎日を想像したら、一度きりの人生、それでいいのか、って思ってしまって」

「芸能事務所に入ったきっかけは？」

「スカウトが多いって噂《うわさ》の通りを毎日何往復もして、声をかけられるのをひたすら待ちました。ちゃんとした事務所の人に会えたのは半年くらいしてからです」

森沢は「へえ」と声を上げ、思わず笑い声を漏らした。

「……私、何か変なこと言いました？」

「いや、なかなか根性あるなと思ってね。ナンパとか、AVのスカウトとか、多かったでしょ」

「はい。でも、見極めて突っぱねました」

「度胸あるよ、君。出演した作品は？」

彼女――新人女優は出演作を並べはじめた。だが、聞き覚えのないマイナーな作品ばかりで、話は広がらなかった。

急に自信が萎《しぼ》んだらしく、彼女は喋るのをやめてしまった。打ち沈んだ表情でシャンパンに口をつける。

「……最初は誰だって無名だよ」

彼女が聞きたいであろう台詞《せりふ》を言ってやる。

森沢は有名女優の名前を列挙した。

「君が将来、彼女たちみたいにならないとはかぎらない。誰もが最初から大女優だったわけじゃないからね」

案の定、彼女はぱっと表情を輝かせた。「そうですよね！」と大きくうなずく。

「私、佐倉さんのような女優に憧れます」

「彼女か。彼女はまごうことなきダイヤだよ」

「私とは天と地ですけど、目標なんです」

「目標があるのはいいことだよ。目標を決めれば後はそこに向かって努力すればいい。ところで、僕の話は誰から？」

「事務所のマネージャーからです」

「そうか。何か言われて来たの？」

「何も言われていません。私の意思で来ました」

ボトルのシャンパンが減ってくると、雰囲気のせいもあるのか、元々アルコールに弱いのか、彼女は酔いが回ってきたようだ。

「森沢さん……」赤ら顔の彼女が媚《こび》を含んだ口調で言った。「私、番組に出たいんです」

森沢は黙ってうなずくに留《とど》めた。

「森沢さんならその力があるでしょう?」

森沢が勤務してるのは、化粧品を中心に、食品や日用品など、幅広く事業を展開し、各テレビ局の番組のスポンサーにもなっている超大手企業だ。一社提供番組を持つナショナルブランドで、港区にビルを構えている。

有名なキャンペーンガールを何人も輩出しており、森沢は宣伝部に勤めていた。各方面に顔は利く。頼めば、新人の一人や二人ならねじ込む力がある。

森沢は焦《じ》らすためにシャンパンを一口飲んだ。彼女から琥珀色の液体に視線を落とし、間を取る。

「ま、実際、僕の意見は重視されるね」

「だったら、私を推してください」

顔を上げると、彼女の意志的な目はギラギラしていた。真っすぐ見返してくる。

「僕に何かメリットはあるかな?」

「森沢さんはダイヤの原石だって――」

「言ったね、たしかに。でもね、原石が輝くかどうかは、どんな磨かれ方をするかなんだよ」

「……チャンスをいただけたら、後悔はさせません」

金と権力があれば、それを目当てにして大勢が寄ってくる。必死で媚を売り、利用しようとする人間たちが。

表情では笑みを浮かべながらも、心の中は冷め切っていた。一体何人の女優やアイドルがすり寄ってきたか。向こうが自分を利用するつもりなら、こちらも楽しんでやる。

「番組に出演したいんだ？」

「はい！　チャンスを摑《つか》みたいんです！」

彼女はテーブルに身を乗り出した。ドレスのあいだからこぼれ落ちそうな胸の谷間が覗く。

森沢はそこをちらっと見た後、彼女の顔に目を戻した。意図的なセックスアピールだと分かる。

グラスを置き、彼女を見つめた。

「僕はスイートに泊まってる。君は何ができる？」

H　林志津子

林志津子《しづこ》は部屋に入るなり、感嘆の声を上げた。

「素敵な部屋ね、本当に」

王冠柄の赤い絨毯が敷かれた部屋には、高級感が漂うソファとベッドとデスクが置かれていた。壁には、縁取りが装飾的な額入りの絵画とミラーが飾られている。

志津子は窓際に歩み寄り、ドレスのようなカーテンを開けた。上階から地上の景色を見下ろせる。

「見晴らしもいいし、思い切って宿泊してよかったわね」

敏行《としゆき》は隣まで歩いてきた。真横に立ち、窓から外を眺める。遠くを見る眼差しは、景色を見ているようで見ていなかった。

「そうだな」

しばらく沈黙が続いた。

胸に去来する想い——。

「心残りは——」志津子は目を細めた。「オリンピック、観たかったわね」

「どうした、急に?」

「世界がこんなふうになっていなかったら、テレビでオリンピックを楽しんでいたのかもしれない、って思ったら、何だか寂しくなってしまって。日本の選手たちも可哀想《かわいそう》」

「……そうだな。練習した選手たちは無念だろうな」

「自分たちじゃどうしようもない理由だものね」

「ああ」

四年に一度の祭典は、テレビの前で日本の選手を応援するのが数少ない楽しみだった。

でももう――。

「志津子」

夫に呼びかけられ、志津子は我に返った。

「どうしたの、あなた」

「少し喉が渇いたな」

「ちょっと待ってね」

志津子は室内を見回し、棚の扉を開けた。カップと紅茶のティーバッグがある。

「紅茶を淹《い》れましょうか?」

「ああ、頼むよ」

志津子はポットを取り上げた。水を入れ、湯が沸くのを待った。急須にティーバッグを入れ、湯を注ぐ。

「せっかくなんだし、いい思い出を作りたいわね」

「……そうだな」

紅茶を淹れると、志津子は丸形のテーブルに運んだ。「どうぞ」と置く。

ソファに腰掛け、窓の景色を眺めながら紅茶に口をつけた。夫とこうして二人で向かい合い、ゆっくりできたのはいつ以来だろう。一分一秒が貴重で、黙っていることがもったいなく思えてくる。

だが、時間を意識すればするほど、言葉が見つからない。一体何を話せばいいのか。

「――少し腹が減ったな」

敏行がぽつりと言った。

話題ができたと思った志津子は、部屋のパンフレットを取り上げた。

「それじゃあ、ちょっと早いけど、夕食、食べに行かない？」

パンフレットを眺めると、記載されているレストランを見せた。『ヴィクトリアン・ホテル』内にある数軒の店が料理の写真入りで載っている。

「ほら、ここなんかどう？　本場のシェフによるイタリア料理ですって」

「イタリアン、か」

「どれも美味しそう」

「ちょっと贅沢《ぜいたく》じゃないか？」

「いいじゃないの。贅沢しないで何するの？」

「……そうだな」

「でしょう？　そうと決まったら、さっそく行きましょう。予約なしで入れるかしら」

「宿泊客だったら大丈夫じゃないか」

志津子はうなずくと、立ち上がり、バッグを取り上げた。大型ミラーで恰好《かっこう》を確認する。

変なところはない。

志津子はミラーごしに敏行の服装を見た。臙脂《えんじ》のネクタイが歪《ゆが》んでいる。

「ほらほら」

志津子は振り返り、敏行のネクタイに手を伸ばした。斜めになっている部分を整える。

「自分じゃ、何もできないんだから」

敏行が呆《あき》れた声で言い返した。

「ネクタイなんか、何年も締めたことがないんだから、仕方ないだろう」

「誰かの冠婚葬祭があったら、恥を掻くわよ」

言ってから、志津子は失言に気づき、思わず視線を落とした。静寂に不安を覚えて恐る恐る顔を上げると、敏行は気まずそうに目を逸《そ》らしていた。

「……余計なこと、言っちゃった」

敏行は横を向いたまま、無言でうなずいた。

「はい、これで大丈夫」

志津子は敏行のネクタイを直し終えると、軽く彼の胸を叩いた。敏行が苦笑いしながら言う。

「俺たちの見た目なんか、誰も気にしないだろ」

「立派なレストランなんだから、しっかりしておかなきゃ、みっともないでしょう?」

二人で部屋を出ると、エレベーターで地下一階へ降りた。そこには三軒のレストランが入っている。案内板を見てイタリアンレストランの入り口に進み入った。

黒服の男性が待機しており、「ご予約のお客様でしょうか?」と訊いた。

「いえ」敏行が戸惑いがちに答えた。「予約はしていないんですが、宿泊客で……」

「かしこまりました。二名様でよろしいですか？」

「は、はい」

「それでは、こちらへどうぞ」

黒服の男性に案内されるまま、レストランに踏み入った。耳に心地がいい落ち着いたクラシック音楽が流れてくる。聞き覚えがある。ベートーヴェンだろうか。それともモーツァルトだろうか。あるいはもっと別の誰か。

レストランは豪奢な造りだった。白い壁面装飾に、落ち着いた赤のダマスク模様の壁紙。蠟燭《ろうそく》形の真鍮のウォールランプ。壁に寄り添った備え付けの布張りのソファ――。

白いクロスが掛けられた円形のテーブル席が並んでいる。黒服の男性が椅子を引いてくれたので、志津子は腰を落ち着けた。敏行と向かい合って座る。

「メニューはこちらになっております」

差し出されたメニューを受け取ると、見たことも聞いたこともない料理名が並んでいた。

「ご注文がお決まりでしたらお呼びください」

黒服の男性が去っていくと、志津子は敏行と顔を見合わせた。

「あなた、どうしよう？」

「そうだなあ……」敏行はメニューに目を落とした。「難しい料理は分からないし、コースにしようか」

「そうね。そうしましょう」

志津子は敏行と相談し、二番目のコース料理を選択した。やって来たウエイトレスに注文する。

クラシック音楽に耳を傾けながら、料理を待つ——。こんな優雅な時間は久しぶりだった。

「結婚式以来かしら、こういうの」

敏行は柔らかい笑みをこぼした。

「働き詰めの毎日だったからな。お前には苦労を掛けたな」

二人共、再婚だった。離婚と死別でそれぞれ早くに伴侶を失った者同士、結婚した。残りの人生は、亡き夫の思い出を抱えながら一人で生きていくつもりだったのに、気づけば、子供もいない孤独の中で出会った彼からのプロポーズを受けていた。

彼と出会った当初は、傷を抱えた者同士の話し友達で満足していたのに——。

思い出話に花を咲かせていると、料理が運ばれてきた。ウエイトレスがテーブルに皿を置いた。

「アンティパストの『生ハムとチーズのイタリアンサラダ』でございます」

アンティパスト——。

意味は分からなかったものの、尋ねるのも恥ずかしく、志津子は「ありがとうございます」とほほ笑みを返した。

おそらく、〝前菜〟という意味だろう。

志津子はフォークを手に取り、ハムを口に運んだ。柔らかく、舌の上で融《と》けるようだった。

「美味しい」

自然と表情が綻ぶ。

「ああ」敏行も顔が緩んでいる。「絶品だな」

その後は、次々と運ばれてくるイタリア料理に舌鼓を打った。特にメインのオマール海老《えび》は、贅沢極まりない料理だった。色鮮やかな深紅の殻が半分だけ割られていて、弾力のある身が剝き出しだ。

敏行は「美味《うま》いな、美味いな」と繰り返しながら食べている。

「本当、来てよかった」

「……そうだな」

敏行はフォークを皿に置き、口をナプキンで拭った。遠い眼差しで宙を睨《にら》んでいる。

「……最期だものな、俺たちの」

§

佐倉優美

結局、『名画座』で放送していた『グランド・ホテル』を最後まで観てしまった。落ち目の元人気バレリーナ、経営危機に陥った会社社長と美貌の女性秘書、借金苦に喘《あえ》ぐ男爵、解雇された元経理係の老人――。ホテルを舞台に、宿泊客たちの人生模様が描かれた群像劇だった。

佐倉優美はリモコンを取り上げ、テレビを消した。立ち上がって額縁がデコラティブな大型ミラーに向かい合う。

笑顔、怒った顔、悲しみの顔、苦悩の顔――。グレタ・ガルボをイメージしながら様々な表情を作り、優美な仕草を真似《まね》てみた。本家には遠く及ばなくても、彼女の心情と重なって役柄に入り込んでいく。

――演技こそ、人生だ。

優美ははっと我に返り、実演を中断した。

素《す》の表情に戻ると、傷つけられた野良犬のような、ひどく弱々しい女性の顔があった。

思わず乾いた笑いが漏れる。

大勢を勇気づけたい、楽しませたい――と思って、演技してきた。だが、それはエゴだったのかもしれない。そう感じてしまい、演じることができなくなってしまった。

誰かを勇気づけ、楽しませても、別の誰かは傷つける――。

それを思い知ってしまった。

演技とは何なのだろう。何のために演じるのだろう。

迷いが生じ、事務所にお願いして休暇を貰った。舞い込んできた話は全て断った。

そして――『ヴィクトリアン・ホテル』に宿泊予約をした。ホテル最後の夜をすごすために。

優美はため息をつきながらミラーに背を向けた。

結局、大女優だった母には遠く及ばないのだろうか。生きていれば今年で六十歳――か。未婚で娘を産み、四十八歳で急逝した母なら、その娘の悩みに何て答えるだろう。

——台本と向き合っていたら、ある瞬間、その登場人物の心がすっと入ってくる瞬間があるの。そこを逃さず、登場人物の心に寄り添えば、〝本人〟になれる。

子役上がりだった母は、数多くの舞台を経験し、天才肌で、一世を風靡《ふうび》した。大勢を魅了した。

そんな母の存在をプレッシャーに感じながらも、同じ道を歩んだ。

十二歳のときに母の紹介で入った芸能事務所は、レッスンも厳しく、マネージャーも容赦なかった。何度も逃げ出したいと思った。有名女優の娘なのに——という反抗心もあった。

だが、親の七光りは一切通じず、特別扱いもされなかった。

「親の名前が才能を殺すこともあるの」

泣き言を吐いたとき、母からそう言われた。母があえて厳しい環境に娘を放り込んだのだと知り、自分の甘えを思い知った。それからは演技の稽古に真剣に取り組むようになった。地味な稽古も人一倍頑張った。創意工夫して努力した。天才でなければ、地道に演技を磨いていくしかない。

いつの日か母を超える女優になってみせる、と心に決めて、ひたすら稽古を繰り返した。徐々に自分の力で役柄を貰えるようになり、自信を深めていった。

だが——。

ドラマの撮影中に母の訃報を聞かされた。連絡がつかないマネージャーが心配して家を訪ねたところ、キッチンで倒れていたという。突然の脳梗塞だった。

天に旅立った母を超えることはもう永遠に叶《かな》わない。

その事実に寂しさを覚える。

優美はコートを羽織ると、バッグを取り上げ、部屋を出た。エレベーターで二階に降りる。廊下を通り、一階へ降りる階段の前に立った。

逆のY字になっている幅広い階段を見下ろした。一段一段に貼られた赤色のカーペットは、ハリウッドのレッドカーペットを連想し、優雅な気持ちになる。

アイアンの手摺《てす》りに手を添えながら、ゆっくり降りていく。映像ならさぞ映えるだろう、と思う。

一階に降りると、エントランスホールを見回した。ホテル名どおり、ヴィクトリアン調の壁面装飾や壁紙、ソファ、テーブル、花台に、時代も場所もタイムスリップした錯覚を覚える。日本ではなく、イギリスの宮殿だ。

優美は奥のエントランスラウンジに踏み入った。猫脚のソファが並んでいる。

空いている席に腰を下ろすと、スマートフォンを開き、メールをチェックした。プライベートの女友達に返信し、『時間ができたらまた遊びに行こうね』と締めくくる。

優美は目を閉じると、物思いにふけった。

「いちいち視聴者のクレームを気にしてどうするの。この全国民総クレーマー時代にさ」

蘇《よみがえ》ってくるのは、女優仲間の言葉だった。悩みを打ち明けたとき、呆れたようにそう言われた。

「もちろん分かってる。でも、あまりに予想していなかった批判をぶつけられて——」

「そもそも、物語を作ったのは脚本家でしょ。演出してるのは監督だし。それなのに、主演しているだけのあなたのSNS《ツイッター》にイチャモンつけてくる人なんか、相手にしちゃ駄目」

「でも――」

「優美ちゃんは優しすぎるから、少数のイチャモンを真面目《まじめ》に受け止めちゃって、思い悩むんだよ。何年女優やってるの。無視無視。相手にしてたらきりがないって」

自分が正しいと思う価値観を揺さぶられ――今までどおりの演技ができなくなった。役柄に入り込めなくなった。一心同体だったシリーズキャラクターの女性が赤の他人になった。

――あなたを演じてあげられなくてごめんなさい。

心の中で何度も謝罪した。

〝彼女〟はタフな女性で、銀行内の様々な理不尽に立ち向かい、男社会の中でも結果を出して上り詰めていくヒロインだった。視聴率も同時間帯の番組の中では、常に一、二位を争っている。

シリーズが続かなくなってしまったら、ファンはどれほど悲しむだろう。何を優先すべきか分かっていながらも、演技することができなくなってしまった自分に呆れた。

「あなたが戻ってこないと、みんな困るよ。CMだって貰って勢いに乗ってる今こそ、頑張り時でしょ」

女優仲間の心配そうな顔を思い出し、胸が締めつけられた。

逃げ出してしまったのは、自分の我がままだろうか。ドラマの中の〝彼女〟のようにタフだったら――。

来年のシーズン4の撮影開始までに立ち直りたい、と誰よりも強く願っている。

優美は目を開けると、深いため息をついた。

M 三木本貴志

三木本貴志はシャンパンを一気に呷《あお》り、喉を鳴らした。『ヴィクトリアン・ホテル』の『鳳凰の間』にあふれる人々――。漏れ聞こえてくる話に耳を傾けていると、作家同士や編集者を交えた文壇の話題で誰もが盛り上がっていた。

「――映画化、おめでとうございます」

「主演は水野秀磨《みずのひでまろ》と結城《ゆうき》ミサでしたよね」

「飛ぶ鳥落とす勢いの二人ですから、話題性は充分ですよ。絶対にヒットします！」

「大重版、素晴らしいですね。私もあやかりたいです」

「次回作のお話なんですが――」

「この後、『雅《みやび》』を予約してあります。皆さん、お待ちですよ」

小説などは読まないから、顔を見ても誰が誰だか分からない。景気の良さそうな話をしているから、有名作家なのだろう。

『ヴィクトリアン・ホテル』の利用者は勝ち組ばかりだから、宿泊客でもない自分が嫌になる。

誰からも見向きもされない存在だ。

両親から愛情を注がれた記憶もない。飲んだくれで暴力を振るう父親、息子を支配したがる母親――。何かを教わるよりも、〝禁止〟されることのほうが多かった。

教育に悪いから、あれも禁止、これも禁止、それも禁止――。

同級生たちが楽しんでいるものも禁止され、学校で輪に入ることができなかった。正義感をこじらせた教師からは、「三木本君が分からないから、流行ってるその作品の話題は禁止。誰でも入りやすい話題で楽しむように」と命じ、余計に居心地が悪くなった。自分の存在のせいでクラスメイトたちがしたい話をできなくなったのだ。友達付き合いができないまま育ち、気づけば、他人とのコミュニケーションの取り方が分からない大人になっていた。子供時代の思い出らしい思い出がなく、趣味もなく、誰とも話が合わない。会話に交ざれない。

三木本は中央にあるブッフェ料理に歩み寄った。香ばしい匂いがする様々なパンや、クリームソースのパスタや魚料理、海老料理、果物、ローストビーフなど、様々だ。

皿を手に取り、一生食べることができないような料理を自由に選んでいく。

食べると、どれも美味しかった。

会場に忍び込んでよかった。人生を捨てる決意をすれば何でもできるもんだな、と思う。

「――もしかして、時沢《ときさわ》先生ですか？」

ふいに声を掛けられ、三木本は顔を向けた。緊張の顔立ちで立っていたのは、スーツの胸元に赤色の花を飾った男――。先ほど、挨拶をしていた受賞者だ。

三木本は返事に窮し、皿を持ったまま視線をさ迷わせた。

誰かと間違われているらしい。先生――ということは、有名作家だろうか。

三木本は、はは、と笑いを返した。他に反応が思いつかなかった。否定したら誰なのか訊かれ、招かれざる客だとバレるだろう。不審者として叩き出される姿を想像すると、惨めだった。

「先生の『時計仕掛けの夜鳥《やちょう》』に感銘を受けて、小説を書こうと思ったんです」

時沢という作家が『時計仕掛けの夜鳥』という小説を書いたことだけは何となく分かった。

どう返事するのが正解なのか。

「……ありがとう」

とりあえず無難に答えると、受賞者は小説の内容がいかに素晴らしいか、熱っぽく語りはじめた。

この髭面がよほど似ているのだろう。

三木本は相槌《あいづち》を打ちながら、適当に聞き流した。だが、面と向かって褒め称《たた》えられるのは悪い気分ではなかった。尊敬の眼差しを向けられたのは人生で初めてだった。

「――時沢先生は暖かい物語を書かれますよね」

会話の流れで出てきた単語に眉がピクッと反応した。

「暖かい？」

「〝世の中には打算のない優しさが存在するんだ〟って、メッセージを訴えている作品が多いですよね」

打算のない優しさ――か。

親の抑圧から解放されても、残酷な世界を見たくなくて、過激な映画やアニメは避けてきた。誰かが争ったり、対立したり、傷つけ合ったり――。フィクションの中でもそんな物語は見たくなかった。

子供向けの映画やアニメは平和で、誰もが仲良くしている。そこにはたしかに打算のない優しさが存在していた。誰もが誰かを思いやり、救おうとしていた。友情も愛情もあった。

最初のうちは、優しい気持ちになった。どんな人生にも必ず救いがあるのだ、と信じられた。

だが――。

現実は何も変わらなかった。物語の世界に優しさが存在しても、それを受けられるのは、作られた登場人物やキャラクターだけであって、自分ではない。

残酷な事実に気づいてしまった。

――自分は優しい物語の中には住んでいない。

作中の優しさは決して自分には与えられない。一生。

三木本は受賞者を見つめ返した。

気持ちよくなっていたところに冷や水を浴びせられた気がした。自分の顔が固まっているのが分かる。

思わず否定的な言葉を返しそうになり、三木本は辛うじて呑《の》み込んだ。

黙っていると、受賞者が困惑混じりに話を変えた。

「そういえば、あのオチは最初から考えられていたんですか？　見事に裏を掻かれてしまったんですが」

オチに踏み込まれても、答える術《すべ》がない。

「それは――想像にお任せするよ」

適当に濁すと、受賞者は「ですよね」と愛想笑いを浮かべた。深く追及されなくてよかった。

「時沢先生の新作、期待しています」

「君も頑張ってね」

三木本は強張った顔を自覚しながら言った。

「はい！」

受賞者は満足げにうなずき、一礼して去っていった。ひな壇の前で編集者らしき女性と話しはじめる。

受賞者は女性に笑顔を見せながらも、ちらっと三木本のほうを見た。

三木本は反射的に目を逸《そ》らした。心臓が動悸《どうき》を打ちはじめる。

――今、時沢先生と話をしてきました。

――え？　どこですか？

――あそこです。

そんな会話が交わされているのではないか。編集者に確認されたら偽者だとバレてしまう。

潮時かもしれない。

料理もそこそこ楽しみ、シャンパンも飲んだ。受賞者の勘違いとはいえ、尊敬の眼差しと言葉も受けた。

三木本はひな壇に背を向けると、『鳳凰の間』を出て行った。編集者らしき受付の人間が怪訝《けげん》な顔を向けてきたものの、見咎められることはなかった。参加者全員の顔を知っているわけではないのだろう。

素知らぬ顔を作り、エスカレーターで一階へ降りた。エントランスホールを見回す。

エントランスラウンジには、猫脚が支える金華山《ビロード》の豪華なソファが並び、優雅にくつろいでいる利用客たちであふれ返っていた。

勝手に利用してもいいのだろうか。

宿泊客ではないが――。

三木本は恐る恐る足を踏み入れた。横目でホテルマンを窺《うかが》うが、咎められることはなかった。どうやらカフェではなく、誰でも自由に出入りできる休憩場所のようだった。

英字新聞を読んでいるビジネスマン風の白人男性の前を通り、空いているソファに腰を落とした。適度な硬さがあり、座り心地はよかった。

緊張から解放され、少し落ち着いた。適当に脚を組み、常連客のように振る舞った。

無意味に時間を潰していると、左側から「寄付金が――」という単語が聞こえてきた。顔を向けた先では、恰幅《かっぷく》のいい中年男性が携帯電話で会話していた。

寄付――か。

他人のために遣える金がある人間はいいよな、と思う。

裕福な生活をしている親戚の顔が脳裏に蘇る。

――被災地に百万寄付したよ。

親類の集まりで自慢げに語っていた。脇で聞いていて、忌々しい思いを抱いた。

寄付？　百万も？　被災地に？

――赤の他人に金を恵んでやるくらいなら、周りの、もっと生活に苦しんでいる人間に恵んでくれよ！

心の中で叫び散らした。

自分が金銭的に四苦八苦していることは知っているはずなのに、赤の他人に善意を――優しさを注ぐのか。

――そりゃ、身内に金をくれてやるより、被災地に寄付するほうが善人になった気になるよな。

妬ましさが胸の中に渦巻いた。

見ず知らずの誰かを救うくらいなら、目の前で困窮している人間を救ってくれ！

何で俺にはくれないんだ？

何で俺には善意を与えてくれない？

世の中の何もかもに腹が立った。

外国で大地震が起きて大勢の死傷者が出たというニュースを観たときは、日本でも同じような災害が起きて国が滅べばいいのに――と真剣に思った。

怒りを嚙《か》み殺しながら周囲を眺め回したとき、三木本は右側の奥の席に座る女性に目を奪われた。

整った顔立ちの女性がソファに腰掛けている。装飾的な猫脚のソファと、花が描かれたレリーフが飾られた壁と、美女――。ヨーロッパの古城に飾られた一枚の絵画を思わせる。

海外旅行などは経験がないが、ふとそんな印象を抱いた。

三木本は美女を眺め続けた。

T 高見光彦

『ヴィクトリアン・ホテル』の『鳳凰の間』で行われている授賞式は、歓談の時間が続いていた。

高見光彦は、数人の有名作家に挨拶して回った。神童一《しんどうはじめ》、周防笙子《すおうしょうこ》、桐生翔真《きりゅうしょうま》、時沢大治《だいじ》――。

勇気を出して話しかけると、誰もが気さくに応えてくれた。

編集者と話していると、前年度の受賞者の鴨井室房《かもいむろふさ》が挨拶に来てくれた。年齢は四歳上だ。一目でペンネームと分かる名前を使っている。

「どう？　緊張してる？」

「はい、結構」

「だよね。俺も去年はそうだった。いきなり有名作家に囲まれて、値踏みするみたいな視線に晒《さら》されてさ」

「心臓が縮み上がります」

「強面《こわもて》の作家とか、ヤクザの襲名式に迷い込んだ錯覚に陥らない？」

高見は、ははは、と苦笑いした。実際、そのような印象を抱いた。控え室でも真ん中の席に案内され、貫禄《かんろく》がある有名作家たちから質問攻めにあった。

――小説はいつから書きはじめたの？

――仕事はしてるの？

――華奢《きゃしゃ》だけど、飯、ちゃんと食ってるか？

――この世界でやっていく自信はある？

緊張しっぱなしだったから、何をどう答えたか、もうすでに記憶が曖昧だ。

「内心、震え上がってました」

鴨井室房が気安い調子で話しかけてくれたので、高見は緊張を解いて話すことができた。

「壇上の様子、見てるだけで伝わってたよ」鴨井室房が楽しそうに笑った。「でも、来年は気楽に参加できるよ。今の俺と同じ。主役は次の受賞者だからね」

「あ、そうですよね。来年が待ち遠しいです」

「いやあ、でも、授賞式が終わって気を抜いていたら、後悔するよ」

「もちろんです」

「俺もそうだったから身に染みて実感してるんだけど、受賞者が注目されるのは次の受賞者が出るまでだよ。一年間限定の注目。その時期に結果を出せたら、流れに乗れるよ」

一年間限定――か。厳しい現実を聞かされた気がする。だが、親切心からなのが分かるので、不快な感じはしなかった。

「俺なんかね、舞い上がって、ちやほやされて、〝作家先生〟を楽しんでいるうちに君が受賞して。注目は全部持って行かれちゃったよ」

鴨井室房は底意を感じさせない笑い声を上げた。

「厳しい世界なんですね」

「そうだよ。話題なんか、すぐ掻っさらわれるからね。ま、それでも大きな賞だし、仕事がなくなるわけじゃないよ」

「最初の一年、全力で頑張ります」

「それがいいね。君の受賞作、たぶん、話題になるよ。読者としては賛否両論あると思うけどね」

谷口正治の批判が脳裏をよぎる。

「……内容が人を傷つけると思いますか？」

「人の心に爪痕一つ残せない物語に価値があると思う？」

「あ、いや、そういう意味じゃなく……」

「じゃあ、どういう意味？」

「僕の作品を読んで、人が傷つくのは嫌だな、って。かなり明け透けに書いてしまっているから」

　鴨井室房は少し考えるような仕草を見せた。

「君の本心？」

「え？」

「主人公の主張。あれがテーマでしょ？」

「……いや、僕の主張は反対側です。ただ、物語を魅力的にして、テーマを訴えるにはああいう角度から書くのが一番かな、って考えた結果です」

「だったら、なおさら堂々としてれば？　君の物語は大勢を楽しませるし、同じ問題で悩んでいる人たちを救うよ。全員ではないにしろ、君の物語に救われる人はいる」

「でも、傷つく人が出るとしたら責任が――」

　鴨井室房は快活に笑い声を上げた。

「責任って、何？　『あなたの表現で傷つきました』って抗議の手紙や電話が編集部に届いたら、謝罪して、賠償金でも払う？」

「い、いえ……」

「でしょ。責任を感じることは自由だけど、責任を取ることはできないよ。作品を真似た殺人が起きたら、犯人と一緒に刑務所に入ってください、とか、犯人の代わりに刑務所に入ってください、なんてありえないでしょう？」

「それはもちろんです。ただ、事件を誘発してしまったら、どうしよう、って考えてしまって」

「別に読者に犯罪を呼びかけているわけじゃないんだし、誘発って表現は不適切だよ。仮に犯人がそう主張したとしても、〝誘発〟した側に責任を問う風潮が正しいとされる世の中は怖いよ」

「ま、まあ……」

「君は、痴漢やセクハラは全部誘発した女性が悪い論者？」

「まさか。違います」

「でしょ。犯人を直接そそのかしたわけじゃないのに、〝誘発による加害性〟なんて論理を認めたら、性犯罪は全部女性側のせいにされる。作品《フィクション》で興奮して——なんて言い分、今まで何人が主張した？　報じられる性犯罪者の犯行動機って、ほぼストレスかムラムラでしょ。好みの女性だった、ミニスカートに欲情した、露出した服装に我慢できなくて——」

「たしかに」

「犯人は〝誘発〟した側に少しでも責任を荷担してもらいたがってる。自分の罪を軽くするために。それを手伝うの？　悪いのは常に犯罪者だよ。そもそも、何を書こうが、たかがフィクションでしょ」

「それはそうなんですけど——。でも、僕はフィクションの影響力を否定したくないんです。フィクションでも人を勇気づけたり、救ったり、できると信じています。だからこそ、物語を書き続けているんです」

「悪い心掛けじゃないよ。疲れるかもしれないけどね」

「フィクションが人にポジティブな感情を与えることができるなら、逆もあるってことじゃないですか。人を不快にしたり、傷つけた場合、どうしたらいいのかな、って」

「そういう抗議の電話は、俺も貰ったことあるよ。感情的なおばさんが編集部に電話してきたみたいでさ。『いじめのシーンが不快！　気持ち悪い。作者の人間性を疑う！　子どもが真似したらどうする？　存在ごと消えてほしい。絶版にすべき！』って」

「本当ですか？」

「編集部は当然だけど、俺も相手にしてないよ。『あの作品は俺の頭の中の構想を読み取って盗作してる！』っていう、ヤバい人間の電話と同じ」

「気にならなかったんですか？」

「ならないよ、全然。いじめ問題に苦しんでいる中高生から『作品に勇気づけられた』って感謝のファンレターが何十通も届いてるし、そっちのほうが大事でしょ？」

「でも――」

「フィクションのいじめのシーンで傷ついた、って理由で自殺した人がいる？　でも、生身の人間の〝言葉〟で傷ついて自殺する人は大勢いる。現実のいじめじゃ、クレームの中で相手が吐いているような罵倒や人格否定の言葉で自殺者が出てるんだよ。他人に吐く言葉も〝表現〟だよ。同じ〝表現〟なら、フィクションの〝表現〟より、相手を批判するための感情的な言葉の〝表現〟のほうが何十倍も毒だし、人を傷つけてる。フィクションの〝表現〟が人を傷つけることには敏感なくせに、自分が実在の人間に吐いた言葉の〝表現〟が人を傷つけることに鈍感なのは、問題意識の甘さだよ。そういう人間は、人を傷つける問題を本気で考えてないと思うね」

過激ないじめのシーンが話題になった鴨井室房の、意外にも真剣な考え方を知り、驚いた。受賞作を読んだときは、話題性のために書いただけの衝撃的なシーンだと思い込んでいた。

人は話してみないと分からないものだ、という当たり前のことを実感した。自分も大勢の人々と同じで、表面で他人の人間性や本質を分かった気になって、一方的に決めつけていた。

「抗議してる本人が感情論だけで、一番問題意識が低いよ。本人は問題意識が高いと思い込んでるだろうけどね」

「そうですか？」

「ちょっと想像したら分かるでしょ。作品を問題視して否定するってことは、その作品に勇気づけられた人たちの否定でもあるんだよ。抗議の罵倒がもしそういう人たちの目に入ったら、〝罪深い作品〟を楽しんだり、その内容に勇気づけられたことに罪悪感を抱くかもしれない。苦しむかもしれない。傷つくかもしれない。そういうとき、批判した人間が何か責任を取ると思う？」

「いえ」

「そういうことだよ。フィクションより生身の言葉のほうが何倍も切れ味が鋭い刃物なんだよ」

半端な覚悟でいじめ問題をテーマにしたのではない、と分かった。本気で問題と向き合っているからこその言葉だ。

鴨井室房の覚悟が羨ましかった。

M

森沢祐一郎

森沢祐一郎は上半身裸でベッドの縁に腰掛け、煙草《たばこ》で一服していた。紫煙を吐く。

猫脚の丸テーブルに置いてある陶器の灰皿に煙草の先をにじり、火を消した。

隣では、布団がなだらかなラインを作っている。前髪が汗で額に張りついた新人女優が顔を出していた。

やがて、布団が持ち上がり、彼女が身を起こした。布団が滑り落ちると、半裸があらわになった。瑞々《みずみず》しい体だ。大きな乳房が存在を主張している。

「……祐一郎さん、凄《すご》かったです」

森沢は唇の端を人差し指で掻いた。

「別におべっかは不要だよ」

「おべっかなんて、私……」

彼女が慌てた口調で否定する。

森沢は答えず、二本目の煙草を取り出した。彼女が身を乗り出し、丸テーブルのライターを手に取った。火を点《つ》け、差し出す。

「どうぞ、祐一郎さん」

森沢は咥《くわ》えた煙草の先端を寄せた。二本目をくゆらせる。ゆっくり間を置き、彼女を見ずに言った。

「名前で呼ばれる関係じゃないと思うけどね」

彼女が困惑した声を上げた。

「一晩だけの関係だよ」

「でも、私――」

「誤解しないようにね。分かっていて誘ったんだろう？」

横目で見ると、彼女は眉根を寄せたまま、視線を落としていた。布団の皺をじっと見つめている。

沈黙の後、彼女が顔を跳ね上げた。溺れそうな海の中で縋《すが》るような眼差しと対面する。

「でも、番組には出られますよね？」

森沢は天井に向かって煙草の煙を吐いた。

「……オーディション、受けてね」

「え？」

森沢は彼女に視線を戻した。

「オーディション。参加は自由だからね」

「でも、それじゃ、約束が――」

「約束？」

「そうです。番組に出演させてくれるって」

「僕は一言もそんな話はしてないよ」

「でも――」

「僕の意見は重視される、とは答えたけどね」

彼女が絶句した。

「一言でも約束したかな？」

彼女の眉間に皺が寄る。

「番組に出演できると思ったから、私は……」

「僕と寝た？」

「……はい」

「僕と寝たのは打算だったの？　番組に出演したいから、体で権利を得ようとして？」

彼女の視線が泳いだ。

「そういうわけじゃ――」

森沢は嘆息を漏らした。

「実はね、君みたいな子、多いんだよ。何人も群がってくる。本人の意思だったり、事務所の指示だったり。こうやって僕の前で服を脱ぐ。そんな全員を番組に押し込むこと、できると思う？」

「それは――」

彼女の表情が沈む。

「君がしたことは、マイナスの出遅れから、ようやく他の数人に並んだ——ってこと。全員横一線なら、オーディションで競ってもらわなきゃね」

森沢は煙草を灰皿に置き、立ち上がった。絨毯に落ちている彼女の衣服を取り上げ、ベッドに放った。

「実力で這《は》い上がってきなよ」

彼女は観念したようにうな垂れ、衣服を着はじめた。森沢はその様子を無視し、冷蔵庫からミネラルウォーターを取り出した。渇いた喉を潤す。

森沢がベッドに目を戻すと、彼女は衣服を身につけ終えていた。無言で立ち上がり、森沢の前を通ってドアへ向かう。彼女が部屋を出ていくのを見送り、ベッドに腰を落ち着けた。

煙草を手に取り、吸った。

金に群がる女優やアイドル——。

演じる者の計算ずくの言葉に信用などなく、所詮は利用し合う関係にすぎない。

森沢はベッドサイドテーブルの電話の受話器を取り上げ、ボタンをプッシュした。

「もしもし」

電話の相手は会社の部下だ。恐縮した声が返ってくる。

「まだ会社にいたか」

「はい。先日の資料を纏《まと》めていまして」

「そんなの、明日でいいよ」

「しかし――」

「今から『ヴィクトリアン・ホテル』に顔出せよ」

「今からですか？」

「晩飯、奢《おご》ってやる。若いうちからこういう世界を知っておくことも大事なんだよ」

「はい」

「俺も先輩や上司にそうやって教わって今がある。お前もたっぷり勉強しろ」

「ありがとうございます」

「タクシー拾ったら、二十分もかからないだろ。勉強代ってことで、経費で落としとけ」

「は、はい」

森沢は煙草を消すと、ソファに腰を落とし、脚を組みながらビジネス書を手に取った。カーテンを全開にした大窓から見える夜景を前に、読書する。

――金があれば、何でもできる。

テレビもなく、家族三人で座卓を囲んで質素な飯を食い、母が継ぎはぎで補修したズボンを穿《は》いて登校していた、あの貧乏な子供時代には戻りたくない、と心底思う。

適当に時間を潰してから腕時計を確認した。

森沢は備え付けのクローゼットから衣服を出し、着込んだ。装飾が縁取る大型ミラーで身だしなみを確認し、髪型を整える。

鞄《かばん》を手に取り、部屋を出た。安ホテルのように子連れの家族が騒がしいこともなく、落ち着いた雰囲気がある。エレベーターでエントランスホールに降り、周りを見回した。

部下の吉野《よしの》が恐縮した挙動できょろきょろしていた。

「よう！」

森沢は彼に歩み寄り、軽く手を挙げた。

「あ、どうも、森沢さん」

「あんまみっともないまねすんな。スマートに振る舞えよ。一緒の人間が恥を掻く」

吉野は「すみません！」と大袈裟に頭を下げた。その反応も周りから目立つ。

森沢はため息を漏らした。

「そういうところが駄目なんだよ。経験がなさすぎる。そんなんじゃ、一人前にはなれないぞ」

「すみません、未熟者で」

森沢は小指を立てた。

「こっちのほうはどうなんだ？」

吉野は頭を掻きながら苦笑いした。

「彼女とは、まあ、うまくいっています」

「お前の彼女の話なんか、訊いてねえよ。女遊びの一つや二つ、してんだろ？」

「い、いえ、僕は浮気はしません」

「女遊びは女遊びだろ。浮気のうちに入るかよ」

「いや、しかし――」

「芸事で生きてなくても、遊びは肥やしなんだよ。女遊びもしないでいい仕事ができるかよ」

「そういうものなんですか?」

「俺に全てを教えてくれた村越《むらこし》専務なんか、今も現役だぞ。歌舞伎町《かぶきちょう》に繰り出しては、万札、ばら撒いてる。女をはべらせて、男の生き様、見せてるよ」

一方で村越には、『人生には時として自分の価値観を変えてくれる相手に巡り合うことがある。そんなときは格好つけずに捕まえろ』とも言われた。自身はそんな相手に巡り合えなかったという。

「……僕は村越専務や森沢さんほどはモテないので」

吉野が恐縮したように言った。

森沢は自嘲の苦笑を漏らした。

「女は金に群がってるだけさ。媚《こ》びてくるのは、万札がちらついているからだよ」

「そんなことは――」

吉野が慌てたように首を振る。

「女が見てるのは、金と立場だよ」

貧乏だったころは、想いを寄せていた女も、高級車に乗っているボンボンに掻っ攫《さら》われた。デートで割り勘を提案したときの蔑むような目は一生忘れられない。

みみっちい男――。

それが別れ際に吐き捨てられた台詞だった。

「万札ばら撒くように遊んでりゃ、女は嫌でも寄ってくる」

吉野は曖昧にうなずいた。

「さっきも、番組目当ての女優の卵とベッドだよ」

「女優の卵――ですか」

「向こうがその気なら、こっちも遊んでやらなきゃな。お前も、何人か抱いてやればいい。今度紹介してやる」

森沢は踵《きびす》を返した。

「ほら、晩飯、行くぞ」

森沢は目的のフレンチレストランに向かって歩きはじめた。

H 林志津子

最後の晩餐《ばんさん》――。

華美なイタリア料理のレストランで食事中、夫の一言が原因でそんな言葉が頭を離れなかった。

林志津子はデザートを食べ終えると、カウンター横の白い円柱型の花台に目をやった。上部の装飾は、西洋の天使だった。慈愛の眼差しで、羽が生えている。

天国を連想し、胸がきゅっと締めつけられた。豪華に設《しつら》えられたレストラン、美味しい料理、天使が縁取る花台――。

今がまさにそうではないか。

一足先に天国を体験しているような錯覚に囚《とら》われる。実際の天国もこのように素敵な場所なのだろうか。

「なあ」敏行がぽつりと言った。「俺のせいで、すまなかったな、志津子」

顔を向けると、敏行は沈んだ表情で拳を睨みつけていた。噛み締めた唇がわずかに震えている。

「何言ってるの、あなた」

「俺が――馬鹿だったよ」

志津子は手を伸ばし、敏行の拳をそっと包み込んだ。手のひらを通して彼の体温が伝わってくる。

「あなたは何も悪くないわ」

「……浅はかだった」

「ううん。あなたは優しかっただけ」

敏行が顔を上げた。濡《ぬ》れた瞳と対面した。

「志津子……」

「竹柴《たけしば》さんも、最初から騙《だま》そうなんて思っていなかったと思う。頑張って立ち直ろうとしたけど、無理で、どうしようもなくなって、それで、きっと……」

敏行は苦笑いを浮かべた。

「今の時代、誰もが苦しいもんな。物価は上がる一方だし、不景気だし、どんどん生活が圧迫されてる」

「ええ」

玄関先で土下座し、額を地面にこすりつける竹柴の姿が脳裏に蘇る。

――敏行、後生だから頼む！

――従業員全員を食わせていく責任があるんだ！

必死の懇願だった。顔を上げた竹柴の表情は、苦渋にあふれ、切羽詰まっていた。

小さな工場を経営していた竹柴は、資金繰りで苦しんでいた。金を借りることができたら、設備を整え、好転するという。だが、銀行からの信用は今やなく、複数の金融会社を駆けずり回った。結果、連帯保証人を条件に融資を約束してくれる相手が見つかった。それで竹柴は夫の前にやって来た。

「苦しい者同士――って、同情して手を差し伸べたのがこのざまだよ」

敏行は悔恨の顔をしていた。

竹柴は子供のころからの親友だったので、夫も助けてやりたいと考えたのだ。

昭和十九年――一九四四年、戦時中に生まれた敏行は、戦後の貧しい日本で育った。中学校時代に知り合った竹柴とは、当時流行《はや》った、鉛筆のキャップに火薬を詰めて飛ばす『ロケット弾遊び』や、日本模型の潜水艦ではしゃいだ仲だという。川にある下水管を探検して親に怒られたり、キャッチボールをして近所の窓を割ってしまったり、やんちゃな少年時代だったらしい。

竹柴と再会してからは、よく思い出話を聞かされた。二人は強い信頼で結ばれているようだった。

——無二の親友なんだよ。

懐かしそうに目を細めながら語る夫の表情が印象に残っている。

連帯保証人の話を相談されたとき、妻としては安易にうなずけなかった。だが、優しさこそ夫の最大の美徳で、人を傷つけないその人柄に惹《ひ》かれたことを思い出した。

——竹柴さんを助けてあげて。

夫の美徳を奪いたくないと思い、背中を押した。敏行は申しわけなさそうに一言、『ありがとう』と頭を下げた。

だが結局、竹柴が行方不明になり、彼の借金を代わりに背負うはめになった。

「人生、ままならないものね……」

志津子はぽつりと言った。

他に言葉はなかった。決して悲観的に響かないよう意識したつもりだが、それは難しかった。

自営業の弁当屋に大金を返す当てなどなく、店と土地を売っても全額は返済できなかった。

借金で首が回らなくなる——とは、まさにこのことだ。何もかも失い、思い悩んだすえ、人生を手放す覚悟を決めた。大事な家族に迷惑はかけられない。

食事を終えると、二人でレストランを出た。

「美味かったな」

敏行が名残《なごり》惜しそうに店を振り返った。

「そうね」

「贅沢した気分だ」

「こんなホテルに泊まって、美味しい料理を食べて……一生分の贅沢よ」

敏行は向き直ると、弱々しい笑みを浮かべた。

「俺が不甲斐《ふがい》ないばっかりに、お前にも迷惑かけたな」

「あなたは正しいことをしただけよ」

「本当にそう思うか？」

「ええ」

「後悔してるだろ？」

「いいえ。あなたを誇りに思うわ」

志津子は笑みを返した。そこでようやく敏行も微笑を見せた。ふっと一吹きで消えてしまいそうなほどだったが。

後悔がないと言えば嘘《うそ》になる。竹柴の借金を背負わされたとき、どれほど彼を恨んだことか。心の中では毎日のように恨み言を唱えた。

それでも口に出さなかったのは、恨み言が夫を責めさいなむと分かっていたからだ。

夫を苦しめないため――。

それだけだった。

志津子は敏行と廊下を歩き、エレベーターホールに向かった。先にエレベーターを待っている二人組がいた。四十歳前後の中年男性と、二十代半ばくらいの青年だ。

「――か、お前は野心家にならなきゃ駄目だ」

少し離れた場所に立っていても、会話が漏れ聞こえてくる。中年男性の声は大きめだった。

「野心を失ったら男は終わりだ。そこまでだよ」

「はい」

「野心を忘れない人間に人は惹かれるんだよ。いいか、常に飢えたままでいろ。貪欲になれ」

「はい」

「女遊びくらいしなけりゃ、半人前のままだぞ」

「心得ておきます」

エレベーターが着くと、青年は外からボタンを押したまま、一歩脇へ下がった。

「どうぞ」

中年男性は「おう」と応じ、エレベーターに乗り込んだ。青年が振り返る。

「あ、お二人もお先にどうぞ」

丁寧な態度に嬉しくなる。人の些細《ささい》な気遣いが胸に染みるのは、善意が仇《あだ》となって迎える最後の日だからだろうか。

「ありがとうございます」

志津子は礼を言うと、夫と共にエレベーターに乗り込んだ。沈黙が支配する箱の中、若干の息苦しさを覚えた。

上階へ上がると、二人組が先に降りた。志津子と敏行は表示板を眺めたまま、自分たちの部屋がある階に着くのを待った。

S　佐倉優美

佐倉優美は大理石の天板が貼られた楕円のテーブルに腕を伸ばし、空想のマグカップを取り上げる動作をした。

〝日常的な仕草にも感情が籠もり、気持ちが表れる〟と舞台監督から指導されたことがある。

今の自分の感情は――。

亡き母を想った。

娘に徹底的に厳しかった母が唯一許してくれたもの――。

それは苗字《みょうじ》だった。

母は『佐渡島』という強めの苗字を嫌い、事務所と相談して『佐倉』という芸名に決めたと聞いた。音で聞くと、花の『桜』を連想して綺麗《きれい》、という理由だ。娘としてその母の芸名を引き継いでいる。

思えば、母と別の芸名を使わなかったのは、自分の自信のなさの表れかもしれない。

母のその名前が好きだから――と表で説明しながら、実は、母の偉大な名前を利用したかったのかもしれない。この苗字を継いでいるうちは、母を超えられないのではないか。

デビュー当初は自分を支え、時には救ってくれた芸名も、今では重荷に感じる。偉大な母と常に比べられる。

最近は、フルネームや苗字で呼ばれることを嫌うようになった。だが、世の中に浸透している名前を変えることは容易ではない。母の姓を背負いながら、母を超えるしかない。

それなのに――。

優美はバッグから手帳を取り出し、開いた。今月も来月も、カレンダーのページは真っ白だった。

不安に押し潰されそうになる。

有名芸能人が不祥事や事件で引退しても、病気や事故で急逝しても、速報が出てしばらくは騒がれるが、あっという間にメディアも世間も鎮静化し、すぐ話題に出されなくなる。やがてその芸能人がテレビの中に存在しなくても気にならなくなる。

露出し続けなければ、すぐに取って代わられる世界だ。必要不可欠な人間は存在しない。そんな現実を嫌というほど見てきた。

それでも――逃避したかった。一人になって、考えを纏め、自分なりの答えを出したかった。

「――お手伝いしましょうか」

奥のほうで女性の声がした。

優美は顔を上げた。声がした方向を見ると、車椅子の男性に手を貸している女性の姿が目に入った。

ふと思った。

『ヴィクトリアン・ホテル』の利用客は、金銭的にも時間的にも余裕があるから人に親切にできるのだろうか。

違う、と否定したかった。

だが――。

――生活に余裕がある人は他人に優しくできるし、そのエピソードでちやほやされて、いいですよね！

たまたま目の前で困っている人がいたから、手を差し伸べたエピソードをテレビで語った直後、SNS《ツイッター》に寄せられた返信《リプライ》の一つが今でも心に突き刺さっている。

他人への親切を僻《ひが》まれたのは生まれて初めてで、戸惑った。思わず反応してしまった。

――生活の余裕は関係ないと思います。東日本大震災のときは、被災者同士でも助け合っていましたし、思いやりは自分が苦しくても人に差し伸べることができるものだと思います。

震災の混乱に乗じて犯罪を犯す人間もいたが、大半の被災者は、自分たちが苦しくても他の誰かを助けたり、思いやっていた。

しかし、同じ相手からまたリプライが送られた。

――震災のように全員が等しく苦境にいるなら、他人に対して思いやりを示せる人も多いでしょうね。けど、自分一人が苦しかったら、別です。幸せな人間ばかりがあふれている中、自分一人が不幸なら、他人に優しくできますか？

考えさせられてしまった。自分一人が苦しんでいるとき、果たして誰かを助けようと思えるだろうか。困っている人がいたら、不幸な自分ではなく、幸せで余裕がある他の人たちが手を差し伸べるべきではないか、という思いが頭をよぎらないだろうか。

自分一人が苦しい。自分一人が不幸。自分一人が満たされない――。そんな状況を想像したことがなかったし、想像もできなかった。結局のところ、思いやりや親切は、恵まれた人間の自己満足や偽善なのだろうか。

あのときも――。

十年前の記憶が脳裏に蘇りそうになり、抑え込んだ。

色んなことが積み重なり、考えすぎてしまった。だから全てを投げ出した。

思考を放棄したとき、おなかが小さく鳴りそうな気配を感じた。胃が収縮したのが分かる。

思わず「あっ……」と声が漏れた。

夕食がまだだ。もう少しゆっくりしたら食事に行こうと思った。『ヴィクトリアン・ホテル』には和食も洋食も揃《そろ》っている。

ホテル最後の夜のディナーは何がいいだろう。

M 三木本貴志

三木本貴志は、ソファに座る女性を眺め続けていた。流れ落ちる黒髪が美しい顔を縁取っている。アーモンド形の目、通った鼻、ふっくらした桜色の唇――。

眺めていると、かたわらに無防備にバッグを置いているのが目に入った。

意識したとたん、心臓が早鐘を打ちはじめた。

三木本は立ち上がると、さりげなく周囲を見回した。ホテルマンの立ち位置を確認する。天井付近には――少なくとも目に見える範囲に監視カメラは存在しなかった。

拳の中に汗が滲み出ていた。

三木本は一歩を踏み出した。客たちが座って談笑するソファのあいだを抜け、女性の席へ向かっていく。距離が縮まるにつれ、その美貌がはっきりと分かった。

モデルの仕事でもしていそうだ。

接近したとき、彼女がふいに顔を上げ、頬に流れる一房の黒髪を耳の後ろに搔き上げた。

三木本は彼女の右隣に置かれたソファに腰を落とした。顔を背け、素知らぬ態度を取り繕う。

目が合ったら怪しい挙動をとってしまいそうだ。

指で目をこすりながら、横目で見やった。彼女はファッション誌を開き、優雅に読んでいる。

三木本は首を伸ばし、コリを解《ほぐ》すような動作で、彼女のソファを覗き見た。無造作に置かれているバッグの中に、赤茶色の革が覗いている。

財布——。

無意識に唾を飲み込み、喉が鳴った。

——どこにばっくれてんだ、てめえ!

——馬鹿野郎! さっさと金返せ!

耳鳴りがするほどの罵声が脳内に改めて響き渡る。

金、金、金——。

金がなければ生活もままならない。未来も描けない。誰からも優しさを向けられない。

だが、『ヴィクトリアン・ホテル』には金持ちが集まっている。金に余裕がなければ、このような一流ホテルに宿泊しないだろう。部屋によっては一泊数万円。あるいはそれ以上——。

多少の金を失っても、生活には影響を及ぼさない金持ちたち。

三木本は顎髭を撫《な》でた。

美女はファッション誌に夢中だ。この若さで『ヴィクトリアン・ホテル』に溶け込んでいるのは、相当なセレブだろう。親が資産家なのだろうか。可愛《かわい》い娘には金を遣わせ放題なのかもしれない。

いいよな、と妬みの炎が胸の中でちりちりと燻《くすぶ》る。

どんな両親のもとに生まれるか。それも運だ。自分では決して選べない運。

――貴志は親の言うことに従っていればいいの。

――正しい道へ導いてやってるんだぞ。

両親が毎日のように言っていた。半ば洗脳されていた中高生時代は、自分の意思も心も殺され、さながら親がリモコンを持ったロボットだった。家には金もなく、夕食のときに三人が揃うと、両親は唾を散らしながら社会への不安ばかりまくし立てていた。

――社会が悪い。

親の口癖は毒のように体に染み込み、拭えなくなっていた。親元を離れてからも、不遇を味わうたび、社会を憎んだ。誰かを憎んだ。

社会や他人が常に悪いのならば、自分には何の責任もないのだから――。

責任転嫁の自己正当化だと分かっていても、やめられなかった。全ての不遇の責任を誰かや社会に押しつければ、楽だと思い知ったからだ。

誰からも優しくされないのは、世の中が悪い。社会が間違っている。金がないのは政治が悪い。モテないのは女が悪い。俺を認めない人間たちが悪い。

常に社会や誰かに憎悪を向けていた。

三木本は立ち上がると、一歩を踏み出した。ファッション誌を読みふける美女の一挙手一投足に注視する。

女神像のように身動きをしていない。おそらく、瞳だけ、文章と写真を追って動いているのだろう。

二つ並んだソファの背後へ移動する。

――気づくなよ。絶対に気づくなよ。

三木本は緊張が絡みつく息を吐き出した。美女の斜め後ろから接近すると、香水の香りがぷんと匂った。脳を溶かすように甘ったるく、嗅ぎ続けていたら理性を失いそうだ。

一歩、一歩、また一歩――。

気配を殺しながらソファに近づくと、置かれているバッグを背後からちら見した。

赤茶色の革は――間違いなく財布だった。なかなか分厚い。存在感すらない自分の薄っぺらい財布とは大違いだ。

――富の再分配だ。

美女の後ろ髪を眺める。ひどく無防備で、警戒心のかけらもない。『ヴィクトリアン・ホテル』で危険な目に遭う可能性があるとは、想像もしていないのだろう。利用客は、全員、紳士淑女だと信じ込んでいる。

誰でも出入りは自由だというのに――。

三木本は緊張を押し隠し、改めて周囲を一瞥《いちべつ》した。誰もが自分の――あるいは自分たちの世界に入っている。他人に注意を払っている人間はいない。

自分の周りには悪意など存在せず、善人だけが存在すると思っているのだ。

警戒されていないなら、今がチャンスだ。

覚悟を決めたとたん、緊張が否応なく増した。唾で湿らせたばかりの喉が一瞬で干上がる。

――どこにばっくれてんだ、てめえ！

――馬鹿野郎！　さっさと金返せ！

三木本はホテルマンの動向だけ念入りに観察した。リラックスしている利用客とは違って、彼らはホテル内の人間に気を配っている。目立つ動きをすれば、見咎められかねない。

奥のソファの先に立つホテルマンが背を向けた。

――今だ！

三木本はさっと手を伸ばし、バッグの中に差し入れた。財布を鷲摑《わしづか》みにして引き抜く。

重みを感じる財布をジャケットのポケットに突っ込んだ瞬間、気配を感じたのか、美女が振り返った。目を逸らす間もなく、至近距離で見つめ合うことになった。

――あ。

口から漏れそうになった声は、寸前で呑み込んだ。美女の怪訝そうな眼差《まなざ》しが三木本の全身を這った。露骨な視線ではなく、最小限の瞳の動きで観察された。

硬直から解放された三木本は、軽く会釈し、踵を返した。たまたま通りすがった際に目が合った宿泊客を装いながら。

背中には、汗で湿ったシャツのようにべったり貼りつく視線を感じる。

一目散に走り去りたい衝動に駆られた。心臓は跳ね馬のごとく高鳴っていた。胸の内側で肋骨《ろっこつ》を叩き、打ち破らんばかりだ。

髪の生え際から滲み出た脂汗が眉間を伝い、鼻の横を垂れ落ちる。蟻《あり》が這うようなむず痒《がゆ》さを覚えた。だが、意志を総動員し、拭ったりはしなかった。

緊張を悟られれば、記憶に残ってしまう。それだけは何としてでも避けねばならない。

ソファのあいだを抜けながら、エントランスホールへ戻り、中央階段で二階に上がった。相変わらず『間』のほうから喧騒が聞こえてきている。

見咎められないよう、大きな円柱の陰に移動した。背中を預け、ふう、と息を吐く。

緊張が抜けてから、ポケットの財布を取り出した。赤茶色の革が高級感を醸し出している。ブランド品だろうか。欧米の有名メーカーの名前が頭の中に浮かぶ。

どれくらい入っているだろう。

三木本は財布を開き、紙幣を確認した。一万円札が八枚、五千円札が二枚、千円札が四枚――。

貧乏人の自分には大金だが、親の金で優雅な生活を満喫している人間にしては少ない。普段はカードで支払っているのだろうか。

財布の内側を開くと、案の定カードが三枚、出てきた。

三木本は舌打ちした。

カードは現金と違って使うことができない。巷《ちまた》の犯罪グループのようにカードの暗証番号を解読したり、売り捌《さば》いたりする特殊技術もってもない。

他のカードを見ると、運転免許証だった。先ほどの美女の真面目な表情の顔写真が貼られており、生年月日と共に『佐渡島優美』と名前が記されている。

個人情報を知ったことで、美女の存在を急に強く意識した。

T 高見光彦

「お前の作品は害悪なんだよ。社会的に許されないぞ」

赤ら顔の谷口正治が寄ってくるなり、そう言い放った。

高見光彦は返事もできず、相変わらず乾いた笑いを返すしかなかった。

「知り合いの女性が傷ついた、不快だった、って言ったんだよ。そんな物語が受賞していいわけねえだろ」

「……いや、選考委員の先生も編集者も評価してくれてるし、読者の感想も大多数が絶賛だし――」

「いやいや、傷ついた人を無視すんなよ。実際に存在してんだからな」

谷口が普段書いている作品は、ノワールやクライムサスペンスで、悪党同士の殺し合いだ。時には、一般人を犠牲にしてでものし上がろうとする主人公を書いている。彼の作品のほうが過激で、悪党を正当化しているし、犯罪をエンタメ化しているのではないか、と思ったが、反論はしなかった。

黙っていても批判が激化しそうになったとき——。

「何だか熱く語っているね」

背後からの声に高見は驚いて振り返った。立っていたのは、手堅い作風で人気を博している朝《あさ》倉《くら》紫《し》明《めい》だった。十年前に同じ賞を受賞している先輩だ。黒々とした髪を撫でつけ、口元に微笑を刻んでいる。

「朝倉先生……」

突然のことで続く言葉が出てこない。

「僕のこと、知ってくれてるんだ？」

朝倉紫明は爽やかな笑みを見せた。

「もちろんです！　同じ賞の大先輩ですし、朝倉先生の受賞作の『死命のとき』は、衝撃的で、タイトルも、命を賭けた〝死命〟と、主人公の〝使命〟のダブルミーニングで……いえ、先生のお名前ともかかっていて、トリプルミーニングで、読み終えてから打ちのめされました」

「嬉しいね。作品を知ってくれているのは」朝倉紫明は耳の裏側を掻きながら「あっ」と声を出した。「先生はなしにしよう。この世界に入った以上、キャリアは違っても競争相手だからね」

「そんな、僕なんて全然——」

「競争相手って言っても、作家同士は別に蹴落とし合ってるわけじゃないし、作品で優劣を競ってるわけでもない。質が高い作品や面白い作品を読者のために書く、って意味の競争だよ」

「はい！」

「君の受賞作、よかったね。難しい題材を選んで、普通なら適当に綺麗事で濁すような部分にも勇気を持って踏み込んでる。あれはなかなかできないよ」

朝倉紫明の作風は大好きだったので、尊敬する作家からの激励に胸が熱くなった。

「でも――」脇から口を挟んだのは、谷口だった。「俺に言わせれば欠点だらけですよ、あんなの」

朝倉紫明は「ん？」と首をひねりながら彼を見た。

「たとえば、女の描き方とか。俺の知人の女性に訊いたら、普通は作中のヒロインみたいな行動はしないいって。造型が不自然だって言ってました」

朝倉紫明は少し思案げに間を取った。

「普通はしないい――か。それは、君の知人の女性の価値観だね。そもそも、普通って何かな？物語の人物は多種多様で、色んな人間が生きている。現実と同じでね。だからこそ物語になるんだよ。世の中の作品の全ての女性の登場人物が君の知人の女性と全く同じ価値観で行動していたら、変だろう？」

「いや、でも、一般の女性の多くは違和感を持つんじゃ――」

「共感は大事な要素だけど、必ずしもそれだけじゃ物語は生まれないんだよ。たとえば、雑木林で一千万円入りの鞄を見つけた主人公がいたとする。現実世界じゃ、警察に通報する人が多いだろうね。でも、主人公が現実の多くの人々の価値観で行動したら、そこで物語は終わってしまう。

もし、一千万円を持ち逃げしたあげく、全額を賭博で賭けて、十倍にしようとする主人公だったら？　物語になるし、読者はその先に興味を持つんだよ。普通はこんなことしない、なんて〝その人個人の価値観〟にすぎない声に惑わされたら、物語の魅力は消えてしまう」

谷口は反論の言葉に詰まっていた。

「彼の受賞作は、そういうヒロインを描いてる。それはひとえに物語を面白くするためだよ」

「……でも、こんな作品、出版していいんですかね」

「何かいけない理由が？」

「いや、だって、あの物語じゃ、内容で傷つく人がいますよね、絶対」

「世の中にはいるかもしれないね」

「誰も傷つけずに表現することはできるし、そういう表現こそが価値ある物語を生むんじゃないですかね」

高見は我慢できず、「おい」と小声でたしなめ、彼を肘で軽く突いた。

業界の先輩作家に失礼が過ぎる。心臓が縮み上がった。自分が招待した人間が無礼を働いたら、デビュー直後に悪印象がついてしまう。

朝倉紫明は困り顔で「んー」と悩ましげにうなった。「君は――表現をしたこと、ある？」

「もちろんですよ」谷口は心外とばかりの口調で答えた。「同人誌に小説を何作も発表しているし、地方の文学賞で入賞もしました」

彼は小さな出版社との繋《つな》がりを仲間内でも誇っていたが、作品の出版を要求しても相手にされず、いまだそのことを根に持っている。そして、その出版社の悪口を吹聴《ふいちょう》している。

「地方の賞と内輪の作品か……」

「何ですか？　作品の質には自信ありますけどね」

朝倉紫明は苦笑を漏らした。

「君は大勢の価値観に作品を晒された経験がないから、〝誰も傷つけない表現〟が可能だなんて、思い込めるんだよ。内輪で作品を見せて感想を言い合って満足している世界じゃ、多様な価値観には晒されないからね」

谷口は顔を顰《しか》めた。

「君の読者は数十？　数百？　あるいは数千かな？　その程度じゃ、まだまだ〝君に好意的なファン〟が読んでくれているレベルだよ。君も素人の自己満足の世界から出て、君のファンじゃない数万、数十万の読者に作品が読まれるプロの立場になって、大勢の価値観に作品が晒される経験をしたら分かるよ」

「……何なんですか、見下してんですか、俺を」

谷口の唇の端は引き攣っていた。

「プロなら、自分には〝誰も傷つけない表現〟ができる、できている、なんて言わないよ。そう言えるとしたら、作品がまだまだ好意的なファンにしか読まれていないか、自分の表現が傷つけてしまっている人の声を見聞きしていないだけだろうね。実際は目に入っていないだけで存在はしているんだよ、必ず」

「人を傷つけない作品は世の中にたくさんありますよ」

「そう思うのは君がその作品に傷ついていないだけの話だよ。どんな物語でも誰かは傷つく」

谷口は納得しかねるように眉根を寄せた。

朝倉紫明は人差し指で眉を掻くと、彼の肩をポンと叩いた。

「本気で作品と向き合って表現していたら、君もいつか分かるさ。まずは大勢の価値観に晒される舞台に立ってみることだよ」

「俺は――」

「思いやりでさえ人を傷つけるんだよ」

そう言った彼の顔には悔恨の翳《かげ》りがあった。

朝倉紫明はまだ何か言いたそうだったが、背を向け、大作家集団が談笑するほうへ歩き去った。

谷口は歯軋《はぎし》りしながら朝倉紫明の背を睨みつけていた。

思いやりでさえ人を傷つける――か。

同人誌に小説を書いていた仲間として、谷口を招待枠に誘った。文壇の特別な場に立ち会えるのは興奮すると思ったからだ。完全に善意だった。だが、本当にそれは正しかったのか。

それで谷口のプライドを傷つけたとしたら――。

高見は自分の善意に戸惑い、ただ立ち尽くしていた。

高見は隣の谷口を見た。

先輩作家の朝倉紫明に嚙みついた谷口は、舌打ち交じりにぶつぶつと不満を口にしている。文学の仲間たちは「まあまあ、今日は高見の晴れ舞台なんだしさ」となだめていた。

「あの作品で受賞なんて、納得できねえだろ。大事なのはさ、誰も傷つけない物語だろ」

朝倉紫明が谷口に語った話は、耳にこびりついていた。

大勢の価値観に作品が晒される——。

今回の受賞で自分もそういう立場になったのだ。挑戦的な作品なら、なおさら賛否を巻き起こすかもしれない。朝倉紫明は谷口と同時に、受賞者の自分にも助言していたのかもしれない。

——思いやりでさえ人を傷つけるんだよ。

彼の最後の言葉は胸に刻んでおこうと思った。

M
森沢祐一郎

「——金で愛情も優しさも買える時代なんだよ。覚えておけ」

森沢祐一郎は部下の吉野に語りながら、『ヴィクトリアン・ホテル』の廊下を歩いていた。

「金は遣わなきゃ、すぐ腐るぞ」

「はい」

「若いうちに遣った金が肥やしになる。二十万、三十万のブランドの服を着て、一流の音楽を聴いて、一流の絵画を鑑賞して、一流の人間が集まる場に顔を出すんだ。自分にしっかり投資して、周りにも金を遣え。そうしたら人脈が増える。将来のためにも人脈は増やせ。金は巡るもんだから、必ず戻って来る。損は何もないだろ」

「森沢さんもそうやって人脈を築いたんですか？」

「ああ。こういう一流ホテルで積極的に声をかけて、挨拶して、名刺を交換するんだ。思わぬ繋がりを得られる」

「勉強になります」

「これからは人脈がモノを言う時代だ。必要なときに必要な人間の力を借りられる。それが大事だ」

「はい！」

二人で廊下を歩き続け、フレンチレストランの前に来た。そのとき、森沢は店の前に立っている女性に目を奪われた。物憂げな横顔に魅了された。一枚の絵画から抜け出てきたような美貌だ。

『ヴィクトリアン・ホテル』のエントランスホールに掲げられた絵画の美女よりも美しい。

「美人――ですね」

隣から吉野の声が耳に入り、森沢ははっと我に返った。細長く息を吐いて緊張を抜く。

「……お前、今日は帰れ」

吉野が困惑の声を発した。

森沢は女性の横顔を眺めたまま言い放った。

「俺は急用ができた」

「でも、食事が――」

「帰れ」

「……はい」

靴音が横から遠ざかっていく。

森沢は深呼吸すると、女性に近づいた。気配に気づいたらしく、彼女がゆっくりと顔を向けた。

息を呑むほど美しい顔立ちだ。

「お一人ですか？」

森沢は声が上ずらないよう、意識した。

女性は怪訝な表情を見せながらも、「ええ」と答えた。ハスキーだが、甘ったるくも感じる声
――。

「奇遇ですね。僕も一人なんです」

森沢は紳士的な口ぶりを選択した。彼女にはそうせざるを得ない雰囲気があった。何しろ――。

「そうですか」

素っ気ない返事だが、完全な拒絶は感じない。誘い方を値踏みするような響きがある。

「よろしければ、お食事、ご一緒できませんか？」

彼女は蠱惑的《こわくてき》に、ふふ、と小さく笑った。

「あなたを存じています。佐倉ゆ――」

彼女は薄紅色の唇に人差し指を添えた。プライベートで羽を伸ばしに来ているの、と言いたげな仕草と表情だった。

森沢は微笑で応じた。

「無粋でしたね。それでは、一期一会ってことで、お食事、どうでしょう?」

女性は憂いを帯びた表情で、ゆっくりかぶりを振り、踵を返した。長い黒髪が翻る。

「あっ——」

女性がフレンチレストランの中に入っていく。

森沢は大きく息を吐き、後を追いかけた。アーチ天井の入り口でウエイターが彼女に話しかけていた。

「——一名様でよろしいですか?」

彼女が答えようと唇を開いた瞬間、森沢はさっと真横に並んだ。人差し指と中指を立てる。

「二名で」

彼女が『え?』という顔を向ける。

森沢は素知らぬ顔でウエイターに言った。

「さ、テーブルに案内してくれ」

ウエイターは不自然さを感じたらしく、状況を確認するように彼女を見た。

しばしの沈黙が降りてきた。

彼女は小さく吐息を漏らし、顎を軽く落とした。うなずいたのだと辛うじて分かる程度の仕草だ。

「——かしこまりました」

ウエイターの案内でレストラン内に踏み入った。純白のクロスが掛けられたテーブル席が並び、ドレスアップした男女や、老婦人や、中年女性たちが食事を楽しんでいる。

森沢は彼女と並んで歩き、奥のテーブル席についた。ウエイターが「どうぞ」とメニューを差し出した。

メニューを受け取り、料理名に目を通した。それから彼女に顔を向ける。

「決まった？」

彼女は表情を変えないまま、メニューを閉じた。

「お任せしてもいいですか？」

何となく挑戦的な響きを嗅ぎ取った。他の女が高級レストランで戸惑いを見せて男に頼るのと違って、私が満足できる料理を選んでね、と暗に挑発している気がした。厚かましく声をかけてきた男を試しているのだろうか。

きっと男にご馳走《ちそう》され慣れているのだ。実力派で売っている人気女優だけはある。それだけに、何としても落としたい——と強く思った。アイドルや女優の卵とは価値が違う。

森沢は笑みを向けると、ウエイターにメニューを返した。

「コースで、シェフのスペシャリテを」

「かしこまりました。お飲み物はいかがいたしますか？」

「料理に合う赤ワインを」

「かしこまりました」

ウエイターが無駄口を叩かずに去っていくと、森沢は彼女を見つめた。

「今日の出会いに乾杯したいね」

彼女は苦笑を漏らした。

森沢は名刺を取り出すと、テーブルに置き、彼女のほうへ滑らせた。

「これが僕の肩書きだよ」

彼女は名刺にちらっと視線を落とした。それだけだった。興味らしい興味は示さない。ゴールデンタイムの番組でMCを務める芸能人でも、それなりに丁寧な態度で接してくる会社名と肩書きなのだが――。

森沢は名刺を引き取ると、彼女に話しかけた。

「フランス料理はよく食べるの？」

彼女は「いえ」と小さく首を横に振った。「こんな高級レストランではあまり食事しません」

「謙遜に聞こえるね」

「フランス料理は――家庭料理のほうが好きです」

「へえ？」

「フランスに留学していた時期に、美味しい手料理を食べました」

「家庭料理か。でも、フレンチはこういう店でスペシャリテを食べてこそ、だと思うね」

「そうですか？」

「食べたかったからここへ来たんじゃないの？」

「……気まぐれです」

「気まぐれ？」

「ちょっと贅沢をしてみたい気分だったんです」

彼女には無理やり感情を律している雰囲気があった。他人に安易に心を覗かせない殻がある。

「その気まぐれのおかげで僕は同席できたんだし、感謝しよう。後悔させない程度には紳士的に振る舞うよ」

彼女の唇がわずかに緩んだ。先ほどまでの意識的な微笑ではなく、自然にこぼれた笑みのようだった。

話していると、ワゴンに載せられてワインと料理が運ばれてきた。丸テーブルに皿とグラスが置かれる。

「『色とりどりの野菜と木苺《フランボワーズ》の薬味《コンディマン》』です」

ウエイターが過不足なく料理の説明をし、赤ワインを注いだ。シャンデリアの白光に照らされ、液体がルビーのように輝いている。

「まずは――」森沢はワイングラスを掲げた。「出会いに乾杯」

彼女は一瞬だけ躊躇《ちゅうちょ》してからワイングラスを掲げた。

「一期一会《いちごいちえ》に」

互いにワインに口をつけた。

森沢はフォークを手に取り、野菜に突き刺した。口に運びながら彼女を見る。

彼女は「いただきます」と口にし、食事をはじめた。野菜を口にする。

「酸味が独特で――美味しいです」

「ここは本場のフレンチが楽しめる。覚えておくといいよ」

「……高級すぎると、落ち着かないんです」

「すぐ慣れるよ」

森沢はしばらく黙々と食事を続けてから、ナプキンで口を拭き、彼女を眺めた。

「どうして拒絶しなかったの？」

野暮を承知で訊いた。

『ヴィクトリアン・ホテル』の宿泊客は常識と節度をわきまえた紳士が多いとはいえ、道端のナンパ同然の手口で近づいてきた男だ。彼女の立場なら突っぱねてもおかしくない。むしろ、そうするほうが自然だろう。

「何でだと思います？」

先ほどと同じような挑戦的な台詞だったが、どことなく誤魔化したがっているような、弱々しい響きを感じ取った。

「僕の外見的魅力に興味を持ったから」

彼女はほほ笑みを浮かべた。

「外れっぽいね」

森沢は笑いを返した。

元よりユーモアのつもりだ。彼女が大人の男女の駆け引きに乗ってくるようなら、そういう会話を楽しめばいいし、乗ってこないなら別のアプローチをするまでだ。

「残念」森沢は彼女を真っすぐ見つめた。「でも、僕は一目で君に興味を持ったよ」

ストレートな言いざまに面食らったのか、彼女は目をしばたたかせた。

「悩み事でも抱えてそうだったね」

彼女は意志的な黒い瞳で真っすぐ見返してきた。

「そう思います？」

「横顔が思い詰めてたよ」森沢は少し身を乗り出した。「悩み事なら話してみない？」

H 林志津子

林志津子は、部屋に戻ると、ソファに腰を落ち着けて一息ついた。敏行が向かい合って座る。

「……美味かったな」

夫がしみじみと言った。先ほどからそればかりだ。他の話題に触れることを恐れているかのように。

「ええ」

志津子はさっきまでと同じように、控えめにうなずいた。カーテンをわずかに開け、外の夜景に目を投じる。

夜も見納めだと思うと、名残惜しさを覚えた。借金を背負ってからは、電話が鳴り響く夜の闇に怯《おび》え続けていたというのに。

「風呂――」敏行がぽつりと言った。「入るか」

夫は続けて口を開きそうになり、思い直したように唇を結んだ。

――身綺麗にしておかなきゃな。

そんな言葉を呑み込んだのではないか。

最後の晩餐《ばんさん》が終わると、次は身を清める――。

人生で最初で最後の行為でも、手順は何となく分かる。こうやって少しずつ覚悟を決めていくのだ。

「お先にどうぞ」

普段のように先に入浴を促した。

敏行は微笑した。

「ありがとう」

どうしたの、珍しいわね、と笑い返しそうになった。感謝の言葉は照れ臭いから、とあまり口にしてこなかった夫だ。

敏行が立ち上がり、浴室へ向かった。志津子は大型バッグを開け、夫の着替えを用意した。見ると、剃刀《かみそり》とシェービングクリームが入ったままだった。

久しぶりの外泊だったから、忘れていただけだろうか。それとも、もう髭を剃《そ》る必要がないと考えて――。

志津子は剃刀とシェービングクリームを手に取った。

「……入るわね」

ドアをノックし、洗面所に入った。浴室からはシャワーの音がしていた。

「剃刀とクリーム、忘れてたわよ。ここに置いておくから」

志津子は、剃刀とシェービングクリームを洗面化粧台の縁に置いた。

「……ありがとう、志津子」

敏行の声が返ってくる。

志津子は「どういたしまして」と答え、洗面所を出た。ソファに腰掛けて追想する。

走馬灯のように駆け抜けていくのは、夫との思い出だった。

二人で一生懸命作った弁当を売り、お客さんに喜んでもらうことを生き甲斐《がい》にしてきた。みんなの笑顔が何よりも嬉しかった。

夫婦喧嘩《げんか》などは一度もしたことなく、仲良く暮らしてきた。再婚して幸せだったと思えた。

だから――。

この結末にも後悔はない――はずだった。

それなのに今になってなぜ胸がざわつくのだろう。他に選択肢はないはずなのに――。

窓の外の夜景が急に滲みはじめた。温度差で窓ガラスが曇ったのだと思ったが、違った。

志津子はハンカチーフを取り出し、目頭を軽く押さえた。生地の濡《ぬ》れた部分を見つめる。

後悔――。

自分には後悔があるのだろうか。まだまだ夫と一緒に人生を歩んでいきたいと――。

大切な弁当屋も土地も失った。神奈川に住んでいる家族に心配をかけないため、事情は話していない。自己責任の自業自得――。そう思って二人で決断した。

三十分ほど経《た》つと、バスタオルを腰に巻いた夫が浴室から出てきた。体から湯気を立ち昇らせている。

「温まったよ」

大型バッグの上に重ねてある着替えを手に取り、身につけはじめる。

「お前も、温まってこい」

志津子は予備のバスタオルを手に取り、浴室に入った。たっぷり三十分以上かけて入浴した。

全身に染みついた様々なしがらみをシャワーが洗い流していく。

身綺麗にすると、志津子は衣服を身につけて洗面所を出た。

敏行は窓際に背中を向けて立ち、夜景を見下ろしていた。だが、闇に染まった黒い窓ガラスに映り込む顔を見ると、視点はどこにも定まっていないようだった。虚空を見つめている。

「あなた……」

志津子は後ろ姿に声をかけた。

「ん？」

敏行は身動きせずに答えた。

「後悔――してるの？」

問いかけに返事はなかった。志津子は窓ガラスに映る夫の顔を黙って見つめ続けた。

やがて、窓ガラスの中で敏行の口が動いた。

「お前はどうなんだ？」

問い返されると思っていなかったので、返事に窮した。先ほども自問し、答えが出なかった。

後悔している――と答えたところで、何か変わるのだろうか。返し切れない借金を背負い、人生は破綻してしまった。二人で話し合って決めたことなのだ。

「……いいえ」

そう答えるしかなかった。

敏行は「そうか……」とつぶやいた。聞き取るのが困難なほどの小声だった。

「少し、散歩するか」

「お散歩？」志津子は掛け時計を仰ぎ見た。「この時間に外を歩くの？」

敏行は苦笑いした。

「まさか。夜風に当たったら湯冷めして風邪《かぜ》ひくだろ」

そう言ってから気まずそうに黙り込んだ。

――今さら風邪を気にしても仕方がない。

心の声が聞こえる。だが、敏行は気を取り直したように顔を上げ、答えた。

「ホテル内を――だよ。せっかくの『ヴィクトリアン・ホテル』だろ。最初で最後の一流ホテルを楽しもう」

今度ははっきりと死を匂わせる言い回しをした。今さっきの沈黙の中で覚悟を決めたように。

志津子は敏行と部屋を出た。夫の二の腕にそっと手を添える。彼はそれをちらっと見た後、ほほ笑んだ。

「下に行ってみようか」

§ 佐倉優美

佐倉優美は、丸テーブルを挟んで向かい合う男性を見つめた。

いきなり声をかけられたときは、プライベートを理由に無視しようかとも思った。

だが――。

一期一会。

『ヴィクトリアン・ホテル』最後の日の前日が作った出会いだからこそ、無視はしなかった。

「――話しかけたこと、迷惑じゃなかったかな？」

優美は肯定も否定もせず、ほほ笑みで応えた。それは長年の芸能界で身につけた処世術だった。安易に本意を見せない態度は、ミステリアスな印象を作り、興味を引く。いつしか、プライベートでもそうするようになってしまった。

「拒絶されなくてよかったよ。勇気を持って声をかけた甲斐があった。こんな場所で会えるとは思わなかったから、つい、ね」

森沢と名乗った男性には、どこか親しみと安心を感じさせる雰囲気があった。口調も柔らかい。

「『東栄《とうえい》スポーツ』の記事を見たけど、あれ、本当？」

「休業理由のことですか？」

『東栄スポーツ』――。

「ああ」

二週間ほど前の記事だ。事務所の名前も通じず、仕事をキャンセルする前に休業の情報をすっぱ抜かれた。

『佐倉優美　休業か？』

休業の理由は、演技で思いどおりの評価が得られないことへの身勝手な不満――と芸能関係者のコメントが載っていた。

「記者の勝手な妄想です」優美は苦笑いしながら答えた。「そうあってほしい憶測を書くのが記者の仕事ですから」

もちろん、全員が全員、そうだったわけではない。女優としての自分に興味を持って、仕事として取材を申し込んでくれた記者の多くは、誠実で、腰も低く、話しやすく、インタビューで語った話が何倍も魅力的に伝わる記事を書いてくれた。だが、ゴシップで閲覧数を稼ぎたい二流、三流のメディアは、読者の興味を引くためならモラルも平然と捨てる。

根も葉もない噂を真実のように書き立てたり、結論ありきで話を誘導したり、一部を誇張したり、悪意や偏見を持った人間の妄言を取り上げたり——。

芸能界の友人・知人もよく悩まされている。

「悪質だね」森沢が言った。「僕もそういう手口は嫌ってほど見てきたよ」

「〝有名税〟なんて言われますけど、今も慣れません。悪意ある記事にも、ネットの誹謗中傷《ひぼうちゅうしょう》の書き込みにも、傷つきます」

「当然だよ。自分の努力と才能で有名になっただけで、他の人たちの百倍、千倍の心の強靱《きょうじん》さがあるわけじゃないからね」

「はい。有名人はストレス発散のための暴言を投げつける〝感情のゴミ箱〟じゃないんです」

「なるほど、〝感情のゴミ箱〟か。面白いこと言うね。言い得て妙だと思うよ」

「森沢さんも立場的には苦労がありますよね」

「僕が？」

「番組スポンサー」

「ああ……」

「最近はスポンサーへの抗議電話も多いですよね」

「時代の変化だね。昭和も平成も終わって、新時代になった。スポンサー企業も昔のままじゃいられない」

意外な返事だった。昨今のクレーム社会に物申したい想いがあるとばかり――。

そんな思考が伝わったのか、森沢はふっと表情を緩めた。

「僕は思うんだよ。自分たちは盾だって」

「盾――ですか?」

「そう。盾。〝人間の盾〟って知ってるかな?」

「いいえ」

「僕は湾岸戦争で知ったんだけどね。攻撃される可能性がある戦闘地域や施設に民間人を集めて、敵に攻撃を思いとどまらせる軍事的な作戦だよ。テロリストなんかが人質を窓際に立たせるのと同じさ。警察も狙撃しにくいだろ?」

「非人道的ですね」

「でも、効果的だ。最近の日本でも、よく〝声優の盾〟とか〝俳優の盾〟なんて言われる。問題が起きたとき、企業や事務所が出てこず、声優や俳優を矢面《やおもて》に立たせて、盾にするんだよ」

我の強い毒舌のMCの失言を、女性アナウンサーに謝罪させるようなものだろうか。

「でもね、それは不健全だよ。もちろん、声優や俳優の失言や不祥事なら、本人が謝罪すべきだと思うけど、番組の不始末ならプロデューサーが責任を取るのが筋だろう?」

「そうですね」

「でも、現実はそうじゃない。非難の的として弾を受けるのは、いつも出演者だ。そういう意味では、会社が標的になるのは本望だよ」

「でも、やっぱりイメージが――」

「スポンサーとしては、もちろん企業イメージが大事だし、苦情の電話がひっきりなしに鳴るような番組は勘弁願いたいよ。でもね、会社はその番組を応援したいと思ってスポンサーについてるんだよ。一方通行じゃなくてね。ある意味、番組と出演者の一番のファンなのかもしれないね」

本気でそう思っているような真摯な口調に、胸を打たれた。

「私も、森沢さんの会社がスポンサーの番組に出てみたいって思いました」

おべっかではなく、本心だった。

そう言ったとき、優美はふと思い出した。

「そういえば、私――」

「何かな?」

「森沢さんの会社がスポンサーになってる番組、一本も出演したことなかった気がします」

「それは意外だね」

「はい。一年くらい前にそんな記事を書かれた記憶が」

「……内容は？」

「私が我がままだからスポンサーに嫌われてる、って。レギュラー出演が決まりかけてたけど、スポンサーが難色を示して話が立ち消えになったって、書かれました」

森沢が、ひどいね、と言いたげに渋面を見せた。

「……そういう事実はあったの？」

「分かりません。当時のマネージャーは、『残念ながら他の子に決まりました』って。それだけです。私は森沢さんの会社とは接点がないので、嫌われる理由はないと思うんですけど……」

ネットでは、抜擢《ばってき》された新人女優が枕営業をしてレギュラーを貰ったんだろう、という噂も流れていた。今時、少女漫画でよく描かれているようなそんな前時代的なことが裏で行われているとは思えず、自分の実力不足、魅力不足だと考えることにした。

「今は休業を発表しているけど――」森沢が話を変えた。「報道がデマなら、本当の理由は？」

興味本位の追及ではなく、心配を感じた。だからこそ、正直に話してみる気になった。

「……優しさに追い詰められたんです」

「優しさに？」

森沢は怪訝な顔つきをした。

「はい。積み重ねなんです。色んなことが積み重なって、優しさというものが分からなくなったんです」

「意味ありげだね。僕で良ければ話を聞くよ」

「全部話していたら深夜になりますよ」

「一つだけでもいい。打ち明けてごらん」

優美は一息つくと、目を閉じ、過去を振り返った。

きっかけは一つのバラエティ番組だった。

『噂の真相を確かめる』というコーナーに出演した。視聴者から寄せられた噂に対して、本当かどうか答えるコーナーだ。

『佐倉優美さんが表参道《おもてさんどう》駅の券売機の前で、電車に乗る切符を買うお金がなくて困っている外国人に、千円札を差し出している姿を見ました。プライベートでも優しくて、感動しました』

MCの先輩芸能人が「事実なの?」と訊いた。事前の打ち合わせではスタッフに事実だと答えているから、採用されている。

――私は幸い千円、二千円で生活できなくなるようなことはないので、その人がそれで助かるなら、って思ったんです。

番組ではそう答えた。その外国人を助けたのは、好感度を狙ったわけでもなく、純粋な親切心だった。番組を観た視聴者のSNS《ツイッター》では、『優しい!』と肯定的な意見があふれた。

だが――。

匿名の誰かの一つのツイートが流れを変えた。

『そういう外国人はほとんど詐欺《さぎ》です。あなたは善意のつもりで気持ちよくなっているかもしれませんが、詐欺師に成功体験を与えただけです。あなたのせいで、これからも被害が出るでしょうね。犯罪者の片棒を担いだ責任を感じてください』

言いがかりがひどい、と大勢からの反発があったものの、匿名のそのツイートに同意する人の数も決して少なくなかった。

「そんな体験の積み重ねで、私は雁字搦《がんじがら》めになったんです。誰かに優しくしたつもりでも、別の誰かを傷つけることがあるんです。だったら最初から何もしないほうがいいんじゃないか、って思ってしまって……」

また十年前の記憶が蘇ってきそうになり、優美は小さくかぶりを振ってまたそれを封じ込めた。

私の優しさが彼に成功体験を与えたとしたら――。

「難しい悩みだね。でも、そもそもたられればの話だろう？　その外国人が詐欺師だったら――。詐欺師だったの？」

「……分かりません」

「だろう？　その外国人に病気の娘がいて、すぐ駆けつける必要があったのに、財布を忘れて困っていたとしたら？　君の優しさで間に合ったかもしれない」

「あくまで可能性ですよね？」

「そうだよ。でも、たられればの話なら何でも言える。SNS《ツイッター》の人間が君に呪いを与えたせいで、君が同じような状況で困っている人を無視するようになったとしよう。そのせいで誰かが救われなかったとき、君の優しさを非難した人間は何か責任を取るかな？」

「……取らないですね」

「そこまで想像せず、そんな覚悟も持たず、好き勝手言ってる匿名の人間の暴言だよ」

「でも、本当にその外国人が詐欺師だったら――」

「そうだったとしても、君が責任を背負う話じゃないし、被害者を責める人間のほうが加害者だ」

「被害者って、詐欺に遭った人たちのことですか？」

「違う。君のことだよ。もしその外国人が詐欺師だったら、君は詐欺の被害者だ。性犯罪や殺人や強盗の被害者に、『お前が被害に遭ったせいで、成功体験を得た犯人が他の人間を襲うぞ。被害に遭った責任を感じろ』なんて言葉を浴びせてくる者の人間性なんか、たかが知れてる。相手はそれっぽい論理を語っているけど、言い換えればそういうことだよ」

「……それはそうですね」

「まだ納得できない顔をしているね」

「いえ、そんなことは――」優美は頭を下げた。「ありがとうございます」

間を置いてから顔を上げると、森沢は安心感を与えるような温かいほほ笑みを浮かべていた。

「僕で良ければ何でも話してくれ。君の力になりたいんだ」

彼の言葉は耳に心地よく、縋りたくなる。だが、そのたび十年前の記憶が蓋を開けてあふれ出ようとするのだ。

優しさの罪は本当に私にはないのだろうか――。

M　三木本貴志

三木本貴志は『佐渡島優美』の運転免許証を赤茶色の財布に戻すと、自分のジャケットの内ポケットに隠した。

約十万――か。

セレブにははした金でも、貧乏人には大金だ。今の所持金と合わせたら『ヴィクトリアン・ホテル』で豪遊できるだろう。

――どうせなら好き勝手してやる。

三木本は『間』に背を向け、歩き出した。エスカレーターの前に着いたとき、ちょうど下から上がってきた男と目が合った。相手はベージュのロングコートを着ている。

「あっ」

相手が反応したため、三木本は思わずエスカレーターに乗る直前で足を止めた。

男はエスカレーターから降り、三木本に歩み寄ってきた。

「先ほど授賞式で――」

男は遠慮がちに声をかけ、最後を濁した。姿を目にしていた、という意味だろう。『鳳凰の間』

の授賞式に出席していた作家の一人だと確信した。

そうだとしたら――。

格上はどっちだ？

年齢は――あまり変わらないように見える。相手は三十代後半だろうか。

「ああ、ええと――」

三木本は動揺を押し隠しながら頭を回転させた。

どう応じるのが正解なのか。存在しない適当な名前を答えて、誤魔化すべきだろうか。気まずい空気が流れるだけですめば御の字だ。だが、後でその名前を調べられたら、終わる。

「時沢――です」

とっさに先ほど受賞者に間違われた作家の名前を答えた。相手が顔見知りでないことを祈る。

心臓の鼓動は跳ね上がったまま、乱れ続けていた。脂汗が拳の中に滲み出ている。

三木本は男の表情を窺った。相手はほんの少し眉根を寄せた。疑念を抱いているのかどうか、判然としない。

緊張を掻き抱いたまま待つ。

「……もちろん、存じています」男が表情を緩めた。「僕は十年前に同じ賞を受賞した三鷹《みたか》コウです」

「ああ、うん」

三木本は曖昧に相槌を打った。聞いたこともない。この世界では有名なのだろうか。

「時沢さんとは、デビューしたときに一度だけ、お話しさせていただきました」

心臓が大きく打ち、緊張が増した。

顔見知り――。

実在の作家を騙《かた》るべきではなかった。先ほどの意味ありげな反応は、不審に感じたからか。

だが、疑っていたとしても確信は得ていないようだ。このまま『時沢』で押し切るしかない。

乗りかかった船からは降りられない。

デビュー時に話したなら、時沢のほうが先輩だろう。

「ああ、そうだったね」

覚えているよ――と付け加えなかったのは、当時の思い出話を誘発しそうだったからだ。素っ気なく応じ続けるしかない。

「時沢さんからいただいた言葉を胸に、作品を書き続けています」

「……頑張ってるね」

「はい」

そこで沈黙が落ちてきた。エスカレーターの音だけが響き続けている。

「七年ぶりの新刊、拝読しました。『悔恨』」

三鷹コウは沈黙に耐えかねたように新しい話題を出した。

「……ありがとう」

とにかく無難な反応をするしかない。作品の話を続けられたらボロが出てしまう。

それとも――。

カマをかけているのだろうか。

三木本は三鷹コウの表情を窺った。だが、相手の顔に警戒心などは表れていなかった。

疑われているわけではないのか？

「小さな罪を犯したことで転がり落ちていく主人公の人生がリアルで、胸が苦しくなりました。時沢さん、ああいう物語も書かれるんですね」

ふいに、盗んだ財布の重みを意識した。数万の窃盗で自分の人生は一体どうなるのか。罪を重ねてしまっているから、逮捕されて実刑を受けるだろうか。前科がつけばますます人生はどん底に落ちる。

だが――。

漠然とした不安は一瞬だけで、霧散した。

「社会から見向きもされない人々の悲哀と、息苦しさが伝わってきて、ページをめくる手が止まりませんでした」

社会から見向きもされない人々――か。ありていに言えば、〝社会の底辺層〟だろう。自分のような人間だ。

「それでもそういう人たちへの温かな眼差しが感じられて、やっぱり〝時沢節〟だな、と。読み終えてみると、弱者への思いやりと理解があふれていました」

鬱屈した感情と共に、皮肉な思いがあふれてくる。

——温かな眼差し？　弱者への思いやりと理解？　そんなもので俺の人生は救われるのか？　俺が社会の中で満たされるのか？　所詮、立派な立場や肩書きのある〝知識人〟たちの自己満足ではないか。

自分は弱い立場の人間の気持ちや苦しみを理解しています、と善人を気取っているだけだ。上から目線で社会に物申して、実際は誰も救わず——それどころか、弱者への反感を煽《あお》って対立と分断の元凶になっているくせに、立派な何かを達成した気になって、気持ち良くなっているだけ。

——違うならなぜ俺は苦しい？　なぜ俺は救われない？

言葉を返せずにいると、三鷹コウが訊いた。

「時沢さん、この後、ご予定は？」

不用意に答えたら誘われるのが目に見えていたので、三木本は返事に躊躇した。

作家が誘いを断るなら——。

「締切がちょっとね……」

それで通じることを願った。

数秒の間があり、三鷹コウは「ああ……」と納得したようにうなずいた。

「今回はお忙しい中、出席されたんですね」

「……仕事の合間を縫ってね」

「お疲れ様です、時沢さん」

「いやいや」

「それでは僕はここで失礼します」

三鷹コウが軽く頭を下げて去っていくと、三木本は安堵《あんど》の息を漏らした。不審者として記憶に残っていないといいが――。

三木本は案内板を見ると、上階のフレンチレストランへ向かった。宿泊客でなくても、一人でも、問題なく席へ案内された。

見回すと、高級そうな服で着飾った客たちが優雅な所作で食事していた。それとなく観察し、ナイフとフォークの使い方など、マナーを探った。だが、覗き見ていても、いまいち分からなかった。

客たちは会話しながら、自然にナイフやフォークを使って料理を口にしている。

恥を掻いたらどうしよう。恵まれた人間たちに笑い者にされたら――。

また携帯電話が振動した。

三木本は舌打ちしながら携帯を取り出した。表示されているのは――。

バイト先のコンビニの店長だ。借金取りのような執拗な電話にうんざりする。

レジの金を持ち逃げしたことがバレてから、電話が止まらない。

――どこにばっくれてんだ、てめえ！

――馬鹿野郎！　さっさと金返せ！

罵倒を思い出して耳鳴りがする。どうせ、返したところで警察に突き出されるのは間違いない。

それなら――無視して遊ぶだけ遊んでやる。

今さら何を怯える必要がある？　社会の底辺で生きる人間に失うものは何もない。

三木本はレストランの奥を見つめ、料理が運ばれてくるのを待った。

T　高見光彦

「そろそろ、二次会の場所へ移動しましょうか」

高見光彦は担当編集者から言われ、「あ、はい……」とうなずいた。緊張がぶり返してきた。

事前に聞かされていた話だと、授賞式が終わったら、大御所の先輩作家数人に囲まれる二次会があるという。授賞式のような公の場でなく、至近距離のプライベートの場で先輩作家と同席するのは——怖い。

二次会の場所は、銀座《ぎんざ》にある『文壇バー』のときもあれば、馴染みのクラブのときもあると聞いた。今回は、『ヴィクトリアン・ホテル』の最上階のバーが予約されているという。

「お酒は強いほうですか？」

担当編集者が訊いた。

「苦手ではない——です。そんなに飲まされるんですか？」

「ああ、いいえ。ある年の受賞者が酔っ払っちゃって、先輩作家に失礼な発言を連発した騒動があったんですよ。それで怒らせてしまって、結構な問題になったんです」

光景を想像し、ぞっとした。アルコールには弱くないものの、緊張のあまり迂闊《うかつ》なことを口走りそうだ。『文章』で生活しているプロなら、他人の言葉遣いにも厳しいだろう。

「……気をつけます」

「信じてます」担当編集者は冗談めかして言った。「僕も先輩たちに怒られるので」

「大丈夫です」

「それでは移動しましょうか」

いつの間にか『鳳凰の間』は閑散としはじめていた。貸し切りの時間が終わったのだろう。半分以上余った料理が次々と片付けられていく。

少しもったいないな、と感じた。多くの死傷者が出た大震災の傷跡を忘れないように、という想いを込めて書き上げた受賞作だったから、なおさらそう思ってしまう。不足する物資や食料の話は、作中にも盛り込んである。

当時の被災者だった女性との出会いから、物語が生まれた。震災で障害を背負った彼女は、子を産んだばかりだったので上京は難しく、授賞式への招待は固辞された。が、フィクションという形とはいえ、自分の体験談が世に伝わることを喜んでくれていた。

——ありがとうございます。これで私も救われるかもしれません。後悔の呪いから解き放たれて、前向きに生きていけるかも。

彼女の言葉が深く心に残っている。

少なくとも、自分が紡ぎ出した物語が人を一人救ったのだ——と自信を持てた。

高見は文学仲間に別れの挨拶をすると、担当編集者の後について行き、『鳳凰の間』を出た。何人かの作家が談笑しながら歩いている。名の知れた作家は風格があった。

エレベーターに乗り、最上階へ。連れられて入ったバーは、豪華絢爛《けんらん》だった。植物模様の装飾が施されたカウンターテーブルには、大理石の天板が貼られている。一目で歳月を経ていることが分かる、真鍮のシャンデリアが吊り下がっている。蠟燭型のランプが橙《だいだい》色の仄《ほの》明《あ》かりを発していた。

デビューしたばかりの新人作家が踏み入るのは、尻込みしてしまう。待ち構えているのは一体誰なのか。

鉛の塊を飲み込んだように、胃が重くなった。記念すべき日を大失敗で終わらせたくない。

担当編集者に付き従うと、ローテーブルの前に猫脚のソファがL字形に配置され、数人の大作家が腰掛けていた。すでにグラスの酒が減っている。

高見はその面子《メンツ》を見た瞬間、思わず唾を飲み下した。

野球帽を被《かぶ》り、サングラスをしている竜胆辰《りんどうたつ》。胡麻塩《ごましお》の髭に取り囲まれた口に葉巻を咥えている剛田創一《ごうだそういち》。授賞式で少し話した同じ賞出身の朝倉紫明。選考委員の一人でもある奥村将《おくむらしょう》——。見つめられただけで震え上がりそうな面々だった。唯一、朝倉紫明が優しそうな眼差しで、軽く手を挙げてくれた。

高見は黙礼し、近づいた。

「ほら」

奥村将がソファを手のひらでぽんぽんと叩いた。まさか隣に座るよう指示されるとは思わなかった。

「……失礼します」

高見は息を吐き、ソファに腰を下ろした。二の腕同士が触れ合いそうな距離で並ぶと、威圧感で声を奪われそうだった。

担当編集者は脚が短いスツールを右斜め前に置き、座った。長身を縮こまらせるようにしている。

「どう、授賞式を終えて」

奥村将が気軽な調子で訊いた。

「き、緊張しました」

震えが混じった声で答えると、剛田創一が葉巻を咥えたまま笑い声を上げた。

朝倉紫明が釣られたように笑みを浮かべた。

「過去形じゃなさそうだね」

「は、はい」高見は唇の端が引き攣るのを感じながら答えた。「今も緊張してます」

隣の奥村将が仕草でアピールすると、黒服のウエイターがシャンパンを運んできて、グラスに注《そそ》ぎ入れた。受賞者が来たら出すように根回しされていたのだろう。

「まずは乾杯といこうか」

大作家たちがシャンパングラスを手に取ったので、高見は慌てて取り上げた。

「新時代の受賞者の誕生に——乾杯！」

奥村将の一声で全員がシャンパングラスを掲げた。高見はそれに倣い、「いただきます！」と一礼してからグラスに口をつけた。緊張で味はほとんど分からなかった。

「作品には瑕疵《かし》もあったけどね、俺は欠点を長所だと考えて賛成したんだよ」

「ありがとうございます！」

「読者の反応は怖い？」

試すような質問だった。

「……正直言えば、少し」

「ま、デビューしたては、ね。一つアドバイスしてあげよう。物語も現実の人間関係と同じでね、善意でとらえるか悪意でとらえるかによって印象は変わる。たとえば、同じ性格でも、情熱的、と見れば肯定的だけど、暑苦しい、と見れば否定的だし、決断力があって引っ張っていってくれる、と見れば肯定的だけど、自己中心的で支配的、と見れば否定的だ」

高見は黙ってうなずいた。

「俺のことも、新人が将来悩まないように親切心で経験則を教えてくれる先輩作家と見れば肯定的だけど、頼んでもいないアドバイスをしてくる面倒臭いお節介なオヤジ、と見れば否定的だ」

笑うべきところなのか分からずにいると、他の大作家たちが笑い声を上げたので、高見は控えめに追従した。

奥村将が続けた。

「人間の見方ってね、本人は気づいていないだろうけど、自分の偏見をさらけ出しているのと同じなんだよ」

「彼は――」朝倉紫明が高見を一瞥しながら言った。「人間の見方が優しいですよね。作品を読めば分かります。人の善意を信じて、善意を描《えが》いています」

「それは美徳だね。心が荒《すさ》んでいる者は、他人の善意も悪意に解釈するし、思い込みの決めつけで非難する」

「そうですね。奥村さんがおっしゃるとおり、人をどう見ているかって、その人の人間性の開示ですからね。僕なら、他人の言動を悪意に解釈して批判ばかりの人間より、人を褒めてばかりいるような人柄の人間と付き合いたいですね」

「作家はそれじゃいかんよ」竜胆辰がしわがれた声で言った。サングラスに目が隠されているので、表情が見えない。「人間の悪意こそ食わんとな。で、それを吐き出すんだ。悪意を知らなきゃ、悪は書けんよ」

朝倉紫明が苦笑いしながら「それも、ごもっとも」とうなずいた。

「年寄りには分からんけど、インターネットの世界じゃ、匿名の人間がそれを笠《かさ》に着て、他人を誹謗中傷しとるんだろう」

「そうですね、今はそういう風潮です」

「そんな醜悪な人間性を観察できる場は、貴重だよ。現実社会で口にしたら人間性を疑われる発言でも、抵抗なく見せてくれるんだ。建前の仮面を脱ぎ捨てて、胸の内側の醜い本音や本性を見せてくれるなんて、これほど観察し甲斐のある場所もあるまい」

「小難しいこと考えすぎなんだよ、誰も彼も」剛田創一が葉巻を灰皿に置いた。「心とか内面とかいちいち考えず、見たまんまを描写すればいいんだよ」彼は高見を見た。「男ならハードな物語を書きなよ」

「はい！　心得ておきます！」

「素直すぎるな」竜胆辰が言った。「一人前の作家になるには反骨精神も必要だぞ」

「は、はい！」

竜胆辰は剛田創一を見やった。

「俺らは作風も信念も正反対だ。二人から相反する助言を受けたらどうする？」

「そうそう」剛田創一が言った。「たとえば、俺は女子供は殺さない。気分が悪いからな。俺の物語じゃ、悪役も犠牲者も男ばかりだ」

「逆に俺は女子供を殺すから、よくクレームの電話が編集部にかかってくるよ。なぜ女性や子供を犠牲にするんですか、とな」

剛田創一が「ガハハ」と豪快に笑った。「編集部もいい迷惑だ」

「知らんよ」竜胆辰が笑い返しながらシャンパンに口をつけた。「物語の中の男の命は軽い。映画や小説で男が何人殺されても誰も悲しんだり怒ったりしないだろう？　現実と同じさ。事件の残虐さを際立たせるには、世の中の大勢が義憤を煽られる人間を犠牲にするしかない。男が殺されても女子供の犠牲と同じくらい世の人々が憤ってくれるなら、男を殺すさ」

「ま、こんなふうに俺らは対照的だ」

「作家なら自分を持つべきだ。世間の声にも先輩の声にも惑わされない自分をな」

シャンパンの味も分からない緊張の時間は、こうして遅々としながらも過ぎていった。

M

森沢祐一郎

森沢祐一郎はフランス料理を口にしながらも、彼女が少しずつ語る悩みに耳を傾けた。

「切実、だね」

森沢は優しい声音を作って言った。彼女は小さくうなずいた。どこか思い詰めたような、儚げな微苦笑を浮かべる。

「……それで逃げ出したんです」

森沢はワイングラスに口をつけた。

「さながらこの出会いは『ローマの休日』だね」

「え？」

「映画だよ。知ってる？」

「もちろんです」

「たしか五四年に公開された映画だったかな。僕がジョーなら、君はアンだね」

「私、そんな高貴な身分じゃないですよ」

「洗練された雰囲気が似てるよ。あの映画の最初のシーンが僕には印象的でね。次々と訪れる国賓の挨拶に立ったまま応じるアン王女が、床まで流れるドレスのスカートの中で、こっそり脱いだ靴を爪先で弄んでいるところ」

彼女は感心したように目を瞠《みは》った。

「分かります。台詞がなくても、さりげない仕草だけで王女の退屈が伝わってくるんです。森沢さん、映画も詳しいんですか？」

彼女の興味を引いたのが分かった。

「学生時代は映画館に入り浸ったね。素晴らしい映画は常に僕に新しい視野を与えてくれる」森沢は古典的な名作のタイトルを羅列した。「どれも素晴らしい映画ばかりだよ」

彼女はそこで初めて表情を明るませた。

「『ローマの休日』は不朽の名作だね。冒頭のシーンとか、ああいう撮り方、見せ方はうまいよね」

「そうですね。大袈裟な身振りや演出がなくても、王女の気持ちが伝わりますもんね」

「王室とアパートの生活感の対比も映像的で目を引くし、会話の間のとり方も見事だね。緊張感が漂っていて、次の台詞を聞き漏らせないって気にさせる」

彼女が共感したように大きくうなずいた。

森沢はふと思い出し、訊いた。

「そういえば、ハリウッド進出の噂もあったけど、そのあたりはどうなの？」

彼女は「あー」と苦笑した。

反応で察し、森沢は軽い調子で訊いた。

「流れた？」

「はい」

「時期的な理由？」

彼女は苦笑いしたままうなずいた。

「賢明かもね。今、アメリカはゴタゴタしてるからね」

「そうですね」

「大統領が暴走して、アメリカだけじゃなく、世界が混乱に陥りそうな気配がぷんぷんするよ。好戦的な人間がトップに立つと、国民が迷惑する」

「アメリカが落ち着いたら、いつか——とは思います」

「きっと叶うよ」

話を戻し、しばらく『ローマの休日』を中心に映画談議に花を咲かせた。気がつくと、ワインのボトルが空になっていた。

「もう一本頼もうか」

彼女はワインボトルに目をやると、「ええ」とほほ笑んだ。頬がほんのりと朱を帯びている。

森沢はウエイターを呼ぶと、二本目の赤ワインを注文した。

森沢は皿の上のクロワッサンに手を伸ばした。彼女も同時にパンを手に取ろうとしたため、指と指が触れ合った。その瞬間、電流が走ったように感じ、思わず手を引っ込めた。

「あっ――」

彼女が吐息混じりの声を漏らした。まるで火傷《やけど》でもしたように指の背を撫でている。

彼女が視線を上げると、目と目が合った。しばらく無言で見つめ合った。互いに相手を意識している。

運命的なものを感じた。

彼女はどうだろう。

静かなBGMが流れているにもかかわらず、世界じゅうで二人しか存在しない錯覚に囚われた。

「……私は海面に出て息をしたかった」

沈黙を破るように、彼女がぽつりとつぶやいた。

森沢は軽く首を傾けた。

「芸能界に自由はないんです。息が詰まって、息苦しくて――。私は溺れそうになっていました」

華やかに見える芸能界の現実は、それなりに知っている。彼女ほどの女優でも悩みは多いのだろう。

「この一夜だけでも、僕が空気になりたい」

彼女は目を瞠った後、唇を緩めた。

ウエイターが新しいグラスを運んできて交換し、フランス産の赤ワインをついだ。

「ジョーとアンの出会いに改めて乾杯しようか」

彼女はからかうような笑みで応えた。

「マスコミにリークされそう」

森沢は思わず笑い声を漏らした。隣席の老婦人から一瞥を向けられ、慌てて口を閉じた。

『ローマの休日』は、窮屈な生活に耐えかねた王女アンが逃げ出し、新聞記者のジョーと出会うところから物語がはじまる。彼女の正体に気づいたジョーは、新聞記者であることを隠し、スクープのため、行動を共にするようになるのだ。

森沢はワイングラスを掲げた。

「アーニャに乾杯」

彼女は一瞬、きょとんとした顔を見せたものの、すぐ笑顔に戻った。

「アーニャに乾杯」

彼女がワイングラスの縁を合わせた。

アーニャは『ローマの休日』の中でアン王女が名乗った偽名だ。ここでは本人としては扱わない、という意味だった。彼女には伝わったらしい。

彼女の悩みにはもう触れず、映画や音楽の話をした。ほろ酔いも手伝い、気分は高揚していた。

彼女も話に共感を示してくれた。

デザートまで堪能すると、森沢はナプキンで口元を軽く拭った。

「名残惜しいけど……そろそろ出ようか」

森沢は指で合図し、スタッフを呼んだ。

彼女がショルダーバッグを持ち上げ、中に手を入れようとする。

「待った」

森沢は手のひらを差し出して制止した。彼女は小首を傾《かし》げると、ショルダーバッグに手を入れる寸前で動きを止めた。

「女性にお金を出させたりしないよ」

「でも――」

「ご馳走させてくれ。楽しい食事だったお礼くらいさせてくれても、ばちは当たらないだろう？」

森沢は財布からカードを抜き、スタッフに差し出した。

「これで頼む」

スタッフは「かしこまりました」とカードを受け取り、会計をした。

彼女に財布は取り出させなかった。

レストランを出ると、彼女がお辞儀をした。

「ご馳走様でした」

「いやいや、こちらこそ素敵な時間をありがとう」

森沢は彼女の目を真っすぐ見つめた。アルコールが回っているのか、瞳が少し濡れているように見えた。情欲を掻き立てる表情だった。

「……僕はスイートに泊まってる」森沢は思い切って言った。部屋番号を教える。「ルームサービスのワインで飲み直さないか？」

彼女は控えめな笑みを見せた。薄紅色の唇がわずかに緩んでいる。

森沢は生唾を飲み込み、返事を待った。手応えはあったが、もったいぶって焦らしているのか、葛藤しているのか――。

やがて、彼女が口を開いた。

「ごめんなさい。部屋でゆっくり休みたいの」

森沢は失望を隠し、笑みを崩さないまま言った。

「気が変わったら、部屋を訪ねてくれ」

H 林志津子

林志津子は、夫と一緒にエレベーターでエントランスホールへ降りた。

志津子はホール内を見回した。フロントの前には、ホテルマンが待機している。

「向こうでゆっくりするか？」

敏行が見ているのは、フロントと反対側のエントランスラウンジだった。夜も遅くなってきたせいか、置かれているお洒落なソファは、大部分が空いていた。

「そうね」

敏行が適当なソファに腰掛けた。志津子は少し迷ったすえ、夫の隣に座った。見上げると、真鍮のシャンデリアが高い天井から吊り下がり、橙色の明かりを一帯に投げかけていた。

「本当、お洒落ね。きらびやかで、まるで映画の世界に迷い込んだみたい」

志津子は彼を見ながらしみじみと言った。

敏行が『ヴィクトリアン・ホテル』の内装を堪能するように、ゆっくり周囲を見回した。

「日本でも名高いホテルは、やっぱり違うな……」

志津子は壁面の装飾と壁紙に目を投じた。

「……一生の思い出ね」

敏行の反応はなかった。

志津子は訝《いぶか》しく思いながら彼に目を戻した。敏行と目が合った。夫の瞳には複雑な感情が渦巻いている。

「一生の思い出は——志津子、お前と結婚できたことだよ」

志津子はっと目を瞠った。

「俺の思い出は、お前だよ、志津子」

胸が詰まった。ぐっと込み上げてくる感情は、歓喜なのか、悲哀なのか、自分でも判然としなかった。

「私も――同じ想いよ、あなた」

敏行と再婚しなければ、人生は味気ないままだっただろう。客が喜んでくれる弁当を一緒に作り続ける毎日が幸せだった。ささやかな幸せだった。

志津子は言葉を続けようとして咳《せき》をした。喉の奥に砂の粒でも詰まったようだった。

「大丈夫か」

敏行の手のひらの感触が背中をさすっていた。

志津子は咳の合間に答えた。

「ちょっと疲れが出たのかしら……」

「外は寒かったからな。風呂では充分に温まったか？」

「ええ」

「湯冷めしたのかもな」

「大丈夫よ」

また咳をしたとき、目の前に人影が現れた。顔を上げると、緑色を基調にした制服姿のホテルマンが立っていた。

「お客様、何かお飲み物をお持ちしましょうか？」

制服の胸には、『岡野』と名札がある。

「ご親切に……どうもありがとうございます」志津子は胸を押さえながら言った。「少し喉が詰まってしまって」

「ホットティーでよろしいでしょうか」

「はい、すみません」

「すぐにお持ちします」

ホテルマンの岡野は早足で歩き去った。すぐにカップを運んできて、「どうぞ」と差し出した。

「ハーブティーでございます」

志津子はカップを受け取った。

「ありがとうございます」

「どういたしまして。お客様に気持ち良く滞在していただくことが我々の喜びです」

志津子は心から感謝しながら、ハーブティーに口をつけた。ほんのりと苦みがあるが、飲みやすく、スーッと喉を流れていく。

カップをローテーブルに置き、息を吐いた。喉の調子は落ち着いてきた。

志津子は岡野を見上げた。彼は柔和な笑みを見せている。

決して出しゃばらず、影のようでありながら、さりげない気遣いを見せる——。それこそが一流のホテルマンの矜持《きょうじ》なのか、彼は自然体で、まるでホテルそのものと一体になっているかのように立ち、全体に目を配っていた。

「本当に素敵なホテルですね。ホテルの方も、みなさん、親切で――」

「恐縮です。ご要望がありましたら、何でもお申しつけください」

「どうもありがとうございます」

志津子は頭を下げた。親切にしてくれた岡野というホテルマンの名前は記憶に刻んでおこう、と思った。たとえ残りわずかな人生でも――。

岡野が去っていくと、志津子は敏行と話をした。喋りはじめると、夫との思い出話があふれてくる。小さくても自分の店を持ちたい、と夢を語っていた夫の姿。手探りではじめた弁当屋で苦労し、試行錯誤した日々――。

何から何まで懐かしかった。

話し尽くしたとき、敏行が「そろそろ行こうか」と腰を上げた。

「そうね。他の場所も歩いてみましょ」

志津子も立ち上がった。

敏行が無造作に踵を返したとき、歩いてきた男性と体が当たりそうになった。

「あっ――」

男性は両手を上げて身を引いた。寸前でぶつからずにすんだ。

敏行が「すみません」と頭を下げた。

見覚えのある男性だった。先ほど、エレベーターホールに居合わせた一人だと気づいた。

――野心を失ったら男は終わりだ。そこまでだよ。

——はい。

——野心を忘れない人間に人は惹かれるんだよ。いいか、常に飢えたままでいろ。貪欲になれ。

——はい。

——女遊びくらいしなけりゃ、半人前のままだぞ。

——心得ておきます。

二人のやり取りが耳に蘇ってくる。

同じエレベーターに乗ったことを相手も思い出したのか、「先ほどの——」とつぶやいた。

志津子はぺこりとお辞儀をした。

「お二人はラウンジでご休憩ですか？」

「夫と夜の散策に」

「そうでしたか。いいホテルですからね。あっ、申し遅れました。僕はこういう者です」

男性は名刺を差し出した。

敏行はそれを受け取ると、凝視した。それから志津子に顔を向ける。

「立派な会社にお勤めだ」

志津子は名刺を覗き込んだ。森沢祐一郎という名前の下に、有名な大会社の名前が書かれている。やはり『ヴィクトリアン・ホテル』の宿泊客は社会的な地位を持った人間が多い、と改めて実感した。

「いやいや、大したことはありませんよ。僕が偉いんじゃなく、会社が偉いんですよ」

謙遜の言葉にも余裕が感じられる。

「あなたは――?」

森沢が敏行に訊いた。

志津子は横目で夫の顔を窺った。

連帯保証人になったせいで店も土地も失い、この世から去る覚悟を決めて最後の夜を過ごしに来た夫婦――。

あまりに『ヴィクトリアン・ホテル』には相応《ふさわ》しくない二人だ。説明できない。

敏行が感情の籠もらない声で答えた。

「今回はお忍びでゆっくり過ごしにきまして」

おそらく、それは夫の見栄《みえ》だった。死を覚悟してなお――いや、死を覚悟したからこそ、だろうか。

森沢は顔に当惑を浮かべていた。

敏行の素性に想像を巡らせているのかもしれない。それとも、不審に感じているだろうか。

森沢はふいに笑みを作った。

「……せっかくなので、一杯ご馳走させてもらえませんか」

敏行が「え?」と困惑顔を見せた。

「いえね、何か興味深いお話が聞けるかもしれませんからね。どうでしょう?」

「それは――」

「ぜひ」

謎めいた言い回しが興味を引いたのか、森沢が食い下がった。敏行ははっきりしない態度で頬を掻いている。

「あなた」

志津子はさりげなく呼びかけた。

敏行がはっとした顔で振り返る。しばらく視線が絡まった。志津子は目で訴えかけた。

敏行は、分かっているとばかりに小さくうなずいた。森沢に向き直る。

「せっかくのお誘いですが……妻との時間を大切にしたいので」

森沢は残念そうに言った。

「それではまた機会がありましたら、ご一緒に」

機会はきっと永遠に訪れないだろう。

志津子は壁の大きな絵画を眺めた。描かれた聖母の眼差しは、自分たちの死をも受け入れてくれそうに思えた。

佐倉優美

佐倉優美は金華山《ビロード》の赤いソファに一人で座っていた。エントランスラウンジの利用客はずいぶん減っている。

頭の中にあるのは、森沢の存在だった。

ほんの二、三十分話をしただけなのに、不思議と親しみを感じている自分に気づいた。

森沢の存在が強く印象に残っているのは、『ヴィクトリアン・ホテル』最後の夜に出会ったからだろうか。それとも、別の何か——通じるものがあるのか。

彼は最初から最後まで紳士で、今はプライベートだという事情も尊重してくれた。

相談に乗ってくれただけでなく、彼の話は興味深かった。映画やドラマ、演劇、音楽など、エンタメ全般に造詣が深く、話を聞いているだけで楽しかった。

最新の作品だけでなく、古典にも詳しかった。もっと長く話を聞いていたいと思わされる。

森沢の一番のお気に入りは『ローマの休日』のようで、その話になると、語り口が熱っぽくなった。

『ローマの休日』——か。

若きオードリー・ヘップバーンが魅力的で、ロマンチックな映画だった。

彼との会話が蘇ってくる。

「ヘップバーンが美しかったのはなぜか分かるかい？」

「いいえ」

「それはね、彼女が慈愛に満ちていたからだよ。彼女が子供にも読み聞かせたお気に入りの詩がある。知っているかい？」

「どんな詩ですか？」

「〝魅力的な唇になるためには、優しい言葉を口にしなさい。可愛い目になるためには、人の美点を探しなさい。細い体形になるためには、飢えた人々と食べ物を分かち合いなさい〟」

「いい詩ですね」

「他人の欠点や粗《あら》や問題ばかり探し回って、相手を批判している人間の顔をよく観察してみるといい。お店にやってくるクレーマーと同じ顔をしてるよ。誰も彼も飢えて吠《ほ》えるブルドッグのような形相になってる。顔立ちは日ごろの言葉が作り上げるものだよ」

「分かる気がします」

「君の美しさはヘップバーンに通じるものがある」

優美は笑った。

「恐れ多いです」

彼には褒め言葉をお世辞と感じさせないところがあった。話していると、前向きな自信を貰える。

もっと話していたい――。そう思った。

森沢に想いを巡らせていると、人の話し声が聞こえてきた。顔を向けた先では、夕方にエントランスホールで言葉を交わした老夫妻がホテルマンの岡野に話しかけていた。たしか――二人はチェックインの際、林と呼ばれていた。

林夫人がショルダーバッグからデジタルカメラを差し出した。

「記念に写真をお願いできますか」

「もちろんです」

岡野は笑顔でデジタルカメラを受け取った。

林夫人が操作方法を説明する。

「――ここを押していただければ、撮影できます」

「かしこまりました。場所はいかがいたしましょう?」

林夫人はエントランスホール内を見回した。真紅のカーペットが貼られた大理石の中央階段、アカンサス模様の装飾《モールディング》が豪華な壁面、ヴィクトリアン調の重厚なマホガニーのキャビネット――。写真映えする背景はいくらでもあった。

「それじゃあ――」林夫人はキャビネットのほうを指差した。「あそこでお願いできますか」

林夫妻は、花瓶が飾られたキャビネットの前に移動し、寄り添うように立った。

岡野が話しかけながらデジタルカメラを構えた。

『ヴィクトリアン・ホテル』は素晴らしい雰囲気を作っているから、思い出に残したい気持ちはよく分かる。

撮影を終えると、林夫妻はデジタルカメラを返してもらい、エントランスラウンジにやって来た。

視線に気づいたのか、二人が揃って顔を向けた。目が合うと、優美は軽く頭を下げた。向こうも会釈で応じた。夕方に言葉を交わしたことを覚えてくれていたのだろう。

二人はそのまま優美のもとへ歩いてきた。

「お嬢さん」

林夫人は目尻の皺を寄せ集めて柔和なほほ笑みを浮かべている。

「席、よろしいかしら?」

林夫人が一瞥したのは、ローテーブルを挟んだ向かいのソファだった。

「……はい、どうぞ」

答えると、林夫人は向かいのソファに腰を落ち着けた。夫も隣に座る。

林夫人が柔らかな口調で口を開いた。

「お嬢さん、夕方はどうもありがとう」

倒れそうになったところを支えた話だ。

「いいえ、お気になさらず」

「この歳になると、足腰も弱くなってしまって……」

自嘲するような口ぶりだったが、あまり悲観的な響きはなかった。

「お怪我がなくて何よりです」

「お嬢さんはお一人？」

「はい」優美はうなずいた。「せっかくなので記念に泊まりに来たんです」

「最後――だものね」

林夫人は視線を流し、遠くを見るような眼差しを見せた。『最後』という言葉には実感が籠もっていた。

「そうですね。やっぱり感傷的になります」

「……寂しいわねえ」

「本当ですね。お二人は遠方から？」

林夫人は顔を戻した。

「いいえ、都内よ」

「お二人も思い出作りですか」

林夫人の表情がわずかに曇った。

優美は表情の変化に戸惑った。何か気に障ることを言っただろうか――。

林夫人に代わって夫が寂しげな口ぶりで言った。

「思い出の『ヴィクトリアン・ホテル』が最後だと耳にして、ぜひもう一度泊まりたいと思ったんだよ」

「そうでしたか」

「小さな弁当屋が何度も宿泊できるホテルじゃないからね」

「お弁当屋さんをされているんですか」

「ゼロから始めたお店でね。小さいながらも、妻の志津子と二人で切り盛りしてきたんだよ」

夫の瞳には悲嘆の色があった。

「学生さんがよく買いに来てくれてねえ」林夫人がしみじみと言った。「勉強を頑張っている彼らを応援していたのよ」

優美は黙ってうなずいた。

「コロナウイルスの影響でバイトがなくなった学生さんたちが困窮しているときは、無料でお弁当を提供したりしたんだけどねえ」

「それは学生も大助かりだったでしょうね」

林夫人の善意が胸に染みる。

「でもね、あまり長くは続けられなかったの」

「あっ、お店の経営事情もありますもんね」

「蓄えがあるからそれは大丈夫だったんだけど……お店にクレームがあってねえ」

「クレームって――。文句を言われる理由なんてどこにもないと思いますけど……」

「それがね、そうでもないのよ。感謝してくれた学生さんがインターネットでその嬉しさを書いたらしくて、話題になったとかで、注目を集めたみたいなの。そうしたら、名前も分からない人たちが電話をかけてきて、『無料だと、遠慮して貰えない学生がいるからきっちりお金は取るべきだ』って怒られちゃってねえ。お店をしている人からは『そんなことされたら、支援していないお店が悪者になって、負い目を感じる』って……」

啞然《あぜん》とした。

きわめて個人的な善意ですら批判される世の中――。

容易に想像がつく。

誰かがSNS《ツイッター》で美談としてつぶやき、拡散する。数千人、数万人が〝いいね〟をする。だが、揚げ足を取る人間がそこに嚙みつく。大抵、フォロワーが多く、声が大きいアカウントだ。批判に共感が集まり、店にクレームの電話をかける者たちが現れる。

自分が抱えている悩みと同じだ、と優美は思った。百人の中のたった一人でも不快になった時点で、その言動が〝誤り〟とされる。許されないものとされる。不快だから、という私情でクレームも罵倒も中傷も正当化される。

だが、それは本当に正しいのか。

「結局、無料提供は一週間でやめることになってしまってねえ。批判の声のとおり、タダだって言われたら、手に取るのを遠慮しちゃう学生さんもいるかもしれないって思ったの」

クレーマーの何百倍、何千倍も応援している人間がいても、彼らはわざわざ店に電話しない。モラルと常識を持っているから、営業の邪魔になると分かっているのだ。結果的に他者を攻撃したい人間たちの電話だけが殺到し、世の中の全員が反対しているような気になってしまう。

「だから、格安の百円で売るようにしたんだけど――」

「同じように多くの学生が手に取ってくれました？」

「……半分以下になっちゃったわ」

半分以下――か。無料だからこそ助かっていた学生も多かったのだろう。

「でもねえ、今度はそこで別の問題も起きちゃってねえ」

「何があったんですか？」

「あまりに安いお弁当だから、買い占めが起きたの。二千円を差し出して、二十個なんて言われたり」

「お弁当の買い置きは無理ですから、転売目的ですよ、絶対」

「そうかもしれないわねえ。でも、高校の生徒のために代表で纏めて買いに来た、なんて言われたら、売らないわけにはいかなくてねえ。それに学生さんも、一人で三個、四個って買っていくものだから、数が足りなくなっちゃって……」

「無料で配っていたときも、そんなことはあったんですか？」

「いいえ。手に取ってくれる学生さんたちは、みんな一個ずつで、ありがとうございます、助かります、って。いい子ばっかりだったわ」

よほど厚顔無恥でないかぎり、支援のために無料で配布されている弁当を一人でいくつも持って行かないものだ。それこそ遠慮の気持ちが働く。だが、百円でも値段をつけてしまった時点でそれは〝商品〟となる。客は複数購入にも躊躇しなくなった――。

無料だと手に取りにくい学生もいるはず、というクレームに耳を貸した結果、別の問題が発生し、本来弁当を貰えていた困窮学生まで救いを失ったのだ。

クレームをつけた人々は、それを知ったらどう言うだろう。『一人一個まで』と貼り紙をすればいい、と言い放つだろうか。

当人たちはどうせ、自分のクレームのせいで救いを失った人々を助けようとはしない。責任も取らない。ただ、感情的になって批判という名の攻撃をするだけ――。

結局のところ、税金の使い道の是非と同じで、万人が全員納得できる支援などないのだから、助けられる人を助ける――しかないのではないか。

「……災難でしたね」

悪意であれば最初から無視すればいい。だが、最近の多くの批判は、〝社会正義〟や〝正しさ〟の仮面を被って、叩きつけられる。

林夫妻の弁当屋へのクレームも、一見それっぽい。だから、真面目な善人であればあるほど真剣に受け止めてしまう。そしてそれは、時に呪いのように行動を縛ってしまう。

林夫人は夫の手の甲に自分の手を優しく重ねていた。

「私たちも一生懸命やって来たんだけど、クレームの電話ばかりで、ほとほと疲れちゃって

……」

彼女には胸に秘めた想いがありそうだった。

「……ごめんなさいね、つまらないお話しちゃって」林夫人は立ち上がり、夫を見た。「最後の

夜に邪魔をしても迷惑でしょうから、そろそろ行きましょうか」

林夫妻が去ってしまうと、優美は一息ついた。

最後――か。

『ヴィクトリアン・ホテル』最後の夜――という意味なのは分かっていても、どこか思い詰めた響きがあり、妙に気になった。

M 三木本貴志

三木本貴志はメインディッシュの肉料理を前に、ごくっと生唾を飲み込んだ。

美味そうな、肉の香りが漂ってくる。ブイヨンで仕上げた黒毛和牛の――何とやら、とウェイターが説明していた。フランス語の専門用語が交ざっていて、全く理解はできなかったものの、常連のように訳知り顔でうなずいておいた。

言葉の意味を質問したら赤っ恥を搔くだろう。

三木本は牛肉にナイフを入れた。感触がほとんどなく、切り分けられた。肉汁があふれ出し、ソースと混じり合う。

フォークで肉を口に運んだ。

これほど柔らかい肉を食べたのは生まれて初めてだ。あっと言う間になくなった。

ナプキンで口を拭いながら、横目で見た。

傍らには十万円の赤ワイン――。

この先、一生飲むことはないだろう、超高級ワインだ。一体どれほど美味いのか。

三木本はワイングラスを取り上げ、一口飲んだ。酸味が効いた赤ワインの味は――好物の肉と違って正直よく分からなかった。口に含んで味と匂いを堪能しようとしてみる。

だが、感想は変わらなかった。

飲み干してからワイングラスをテーブルに戻した。空のグラスを見つめる。

この一杯が一万円――。

慣れ親しんだビールのほうがよっぽど美味い。金の遣い方を間違えただろうか。

三木本は小さく舌打ちした。

人生初のフランス料理は、満足しているのか、していないのか、自分でも分からなかった。

五万円もする最高級のフランス料理は、たしかに美味かった。だが、普段の飯の百倍美味いかというと、もちろんそこまでではない。

五万円――か。

五十時間以上バイトで汗水垂らして稼ぐ金額が、一時間も経たず消えてなくなった。

それなりの店で二千円を出して二十五回、外食したほうが有意義ではないか、と思った。もっとも自分の金で飲み食いしているわけではないが。

初めて犯罪行為に手を染めたのは、二ヵ月半前だった。深夜の歌舞伎町で泥酔しているサラリーマンの鞄を置き引きした。現金は三万円程度だったものの、生活費の足しにはなった。

一度でも一線を越えてしまうと、犯罪行為への心理的ハードルが下がり、胆《きも》が据わった。

次は電車内で酔い潰れているＯＬのバッグから財布を盗んだ。カード類が多く、現金はほとんどなかった。その後も何度か酔っ払いから財布を盗んだ。

――俺が貧しく、疎外され、誰からも相手にされないのは、全部社会が悪い。

だったら、社会から還元を受けて何が悪い？

そう思って罪を重ねた。

だが、無防備な獲物にそう何度も遭遇するわけもなく、すぐに困窮した。

コンビニでの微々たるバイト代で店長や客から怒鳴られる日々に嫌気が差し、今度はレジの金を持ち逃げした――。

三木本はデザートを食べ終えると、周囲を軽く見回した。金髪碧眼《へきがん》の白人カップルのうち、男性のほうがテーブルの上で小さく指を立てた。スタッフは各テーブルにさりげなく目を配っているらしく、その仕草に気づいて近づいていった。

「ラディシオン・シルヴプレ」

白人男性が話しかけると、スタッフは流暢《りゅうちょう》なフランス語で何やら答え、伝票を持参した。その場でカードの会計が行われた。

スマートな会計だった。

三木本は迷ったすえ、控えめに手を挙げた。指先での合図は、気づかれなかったら格好悪いと思ったのだ。

スタッフがやって来ると、三木本は囁《ささや》くような声で言った。

「会計を……」

「かしこまりました」

スタッフが去っていき、伝票を持って戻ってくる。

「ええと……いくらだっけ？」

スタッフは伝票を見ずに答えた。

「十五万七千五百円になります」

約十六万円——か。

一夜の楽しみのために払う金額としては、あまりに大きすぎる。

三木本は後悔の念を嚙み締め、自分の財布から万札を数枚、抜いた。だが、それでは全く足りない。内ポケットから赤茶色の財布を取り出した。

残りの金額を支払った。釣りを受け取り、財布に戻す。

ふと顔を上げたときだった。スタッフの視線が財布に注がれているのに気づいた。

三木本ははっとした。スタッフが顔を戻すと、目が合った。瞳に猜疑心《さいぎしん》が渦巻いている。

まさか——。

「お客様」スタッフが慎重な口調で言った。「大変失礼ですが、そのお財布は——」

佐渡島優美が窃盗被害に気づいて、ホテルに訴え出たのだ。財布のブランドや色や大きさがホテルスタッフのあいだで共有されているとしたら――。

心臓が激しく乱れはじめた。背中に嫌な汗が滲み出ているのが分かる。

「いや、あの……」

三木本は目を泳がせた。

気まずい間があった。

――問い詰められるわけにはいかない。

三木本は立ち上がると、財布をジャケットの懐に戻し、すぐさま踵を返した。客たちが食事中のテーブルを縫うように早足で歩く。

背後から呼び止められることはなく、足音もついてこなかった。

高級ホテルのレストランで確証もなく大捕り物を演じるわけにはいかないからだろう。

何にせよ、一刻も早く逃げ出さねば――。

受付のカウンターの前を通り、フレンチレストランを後にした。深紅の絨毯を踏み締めながら、エレベーターホールのほうへ歩いていく。

靴音が耳に入ったのはそのときだった。

振り返ると、レストランから先ほどのスタッフが出てくるところだった。店外で財布の件を問いただす気だ。

――まずい。

三木本は歩く速度を上げた。

角を曲がると、エレベーターホールがあった。駆け寄って『▽』を押す。

——早く来い。早く来い！

壁上部のランプを睨みつけ、エレベーターの到着を待った。一秒一秒が一分のように長く感じる。

三木本は焦燥感に駆られ、壊れそうなほどボタンを乱打した。カチカチカチ——と音が響く。

だが、エレベーターは一向に着かなかった。

そのとき、スタッフが角を曲がってきた。視線が絡まり合うと、三木本は即座に背を向け、走り出した。突き当りの階段を使い、一気に駆け降りた。

三階までたどり着いたとき、下から上がってくるホテルスタッフの姿を目に留めた。

三木本は手摺りの陰に身を潜めた。覗き込むと、耳元に手を当てているのが見て取れた。レストランから逃走した件がすでにインカムで伝わっているのだろう。

エントランスホールに降りたら、間違いなく捕まる。

三木本は足音を殺して引き返した。

いったんどこかに身を隠さなくては——。

五階に着くと、エレベーターホールへ向かった。そこから廊下を窺った。

台車の前に、ハウスキーパーの女性が背を向けて立っていた。

今の時間帯に部屋の清掃というわけではないだろう。

彼女はリネン室のドアを開けると、中に姿を消し、折り畳まれたシーツを持って出てきた。台車に載せ、廊下を進んでいく。奥の部屋のチャイムを鳴らした。

シーツを汚して交換でも要請したのかもしれない。

三木本は後ろを確認した。スタッフが五階のエレベーターホールに上がってきている。

迷っている時間はなかった。

三木本は、ドアが半開きになっているリネン室に忍び込んだ。

T　高見光彦

高見光彦は、バーで大先輩の作家たちと向き合っていた。三杯目のシャンパンが空になっても、緊張で酔うことはできなかった。ただ、話だけは少しずつできるようになってきた。

「受賞作のどんでん返しは見事だったね」奥村将が言った。「世の中の大多数が抱いている偏見や思い込みに気づけば、それがどんでん返しになるし、テーマにもなる。上手《うま》く仕掛けたね」

「ありがとうございます！」

「だからこそ、あのどんでん返しは、自分自身が無意識に抱いていた偏見に気づかされてショックを受ける読者が相次ぐだろうね」

奥村将は愉快そうに笑った。

高見は思い切って自分から質問した。

「今後のアドバイスは何かありますか？」

「書き続けることだね」朝倉紫明が答えた。「結果が出ても出なくても、批判があってもなくても、とにかく書き続ける。ただそれだけだよ」

剛田創一が葉巻を吸いながら言った。

「後は、〝駄作を書く勇気〟だな」

「駄作――ですか？」

「おう。傑作を書こうとしたら筆が止まる。そうやって新作が書けなくなった新人を何人も見てきたよ」

「は、はい……」

「納得できないか？」

「いえ、とんでもないです」

剛田創一は唇にうっすらと笑みを刻んだ。

「顔に書いてある。〝未完の傑作〟なんて言えば聞こえはいいが、未完なら〝作品〟ですらない。誰の目にも入らないんだからな。だろ？」

「はい」

「書き上げて、世に出して、初めて〝作品〟になる。それがプロだよ。自分で駄作だと思っていても、他の誰かには傑作かもしれない。評価なんてもんは、所詮、個人の主観だからな」

「そういうこと」朝倉紫明がチーズを摘《つ》まみながら言った。「新人のうちは、先輩作家の助言もぴんとこなかったり、納得できなかったりするかもしれないけどね、何年もプロとして活動していけば、大抵の助言は正しかったって、実体験として分かるよ。止まらずに書き続けるんだよ」

「はい！」

高見は威勢よくうなずいた。

「ところで――」奥村将がガラス製のローテーブルにシャンパングラスを置いた。「明日はまだ東京？」

「はい」

「予定はあるの？」

「ええと……新聞社の取材が二件あります」

「おお、そりゃ大変だ」

「緊張しています」

「取材は初めて？」

「一応、受賞が決まった直後に何度か……」

「ま、そのうち慣れるよ。明日は何時から？」

「ええと……」

高見は助け舟を期待して担当編集者を横目で見た。彼は「午後二時から二件ですね」と迷わず答えた。

「ふーん。二時か。じゃあ、昼まではゆっくり寝られるな。飲み明かすか？」

「それは——」

返事に窮すると、担当編集者が控えめに口を挟んだ。

「奥村さん、朝まではどうぞご容赦を」

竜胆辰が大口を開けて豪快な笑い声を上げた。

「最近の若者《わかもん》は軟弱だな。俺が若いころなんざ、三日三晩飲み歩いて、その日の朝から半日で長編一本書き上げたもんさ」

あまりに信じられない話だった。だが、速筆で作品数も五百作を超える竜胆辰なら、事実かもしれないと思わせる凄味があった。いまだ年間十作は出版している。

剛田創一が呆れ顔を見せた。

「お前の話は酒がまずくなる」

竜胆辰が半笑いで返した。

「こんな夜くらいしか、若い作家と話す機会がないんだ。ちょっとくらい自慢させてくれや」

剛田創一は肩をすくめた。ご自由に、と言わんばかりに。

「まあ、年寄りの自慢話はともかく」

奥村将が笑いながら言った。大先輩二人が「おいおい」とツッコミを入れたが、彼は軽く受け流した。

「若いんだから、一晩くらい寝なくても倒れないだろ。年寄りの酒の相手はほどほどにして、『ヴィクトリアン・ホテル』を堪能すればいいさ」

　高見は当惑しながら訊き返した。

「ホテルを――ですか？」

「出版社が宿泊費出してくれてるだろう？　こんなホテルに泊まれるなんて、よっぽどの売れっ子にならなきゃ経験できないんだし、血肉にしなきゃ」

「あっ、たしかにそうですね」

「特別な日の特別な場所なら、なおさら人間観察が大事だよ、作家なんだからね」

「そのとおり」朝倉紫明がうなずいた。「ホテルには色んな人間模様が渦巻いてる。客を観察しながら、どんな話をしているのか、どんな経歴なのか、想像を巡らせてみるんだよ。デビューしたときは僕もそうしたものだよ」

「そうだったんですね」

「『ヴィクトリアン・ホテル』は特に多種多様な客が集まってるからね。初対面の客と話して思わぬ話が聞けたり――。きっと面白いよ」

M

森沢祐一郎

森沢祐一郎はソファに座って脚を組み、ルームサービスで運ばせた赤ワインを飲んでいた。カーテンを全開にした大窓から夜景を見つめた。スイートルームからの眺めは壮観で、東京そのものを手に入れた錯覚に陥る。

唯一、手に入らなかったのは――彼女だ。

ディナーでフレンチを共にした感触は決して悪くなく、強引に押せば部屋に連れ込めそうだった。だが、彼女にはそうさせない雰囲気があった。いや、自分がそうしたくなかったのかもしれない。

夜の店でばら撒いた金に群がってくるホステスや、肩書きに媚びるアイドルの卵と同じようには扱いたくなかった。

悩み多き、一流女優――。

彼女ほどの美貌だと、アンニュイな表情も魅惑的で、絵になる。出来すぎていて意識的な表情にも思える。向かい合って話せば話すほど、惹かれていく自分がいた。

森沢はボトルに手を伸ばし、赤ワインが空になっているのに気づいた。まるで空虚な自分の心を表しているようだ。

メニューを取り上げ、開いた。アルコールの欄を一瞥し、受話器を手に取った。ルームサービスで別の高級ワインを頼む。

一期一会――か。

強引な手段を使わないかぎり、二度と会うことはないだろう。彼女ほどのキャリアがあると、スポンサーに媚びる必要はないのだ。むしろ、スポンサー側が彼女の顔色を窺う。

ノックがあった。

ルームサービスが来たようだ。思いのほか早かったな、と思いながら、ドアへ向かった。チェーンを外し、ドアを開けた。

そこに立っていたのは――彼女だった。

森沢は目を瞠ったまま、言葉を発することができなかった。立ち尽くしていると、彼女がシャンパンボトルを掲げた。

「アーニャとの再会に乾杯しましょ」

小粋な彼女の台詞に、森沢は思わず笑みをこぼした。

「スイートへようこそ」

森沢はシャンパンボトルを受け取ると、彼女を部屋に招じ入れた。彼女はスイートルームの内装を興味深そうに眺めながら、奥へ進んだ。

正面には石造りの飾り暖炉が鎮座しており、その上にゴシック風の額縁が特徴の大型ミラーが掲げられていた。赤を基調にした黒のダマスク模様の壁紙が落ち着いた雰囲気を作っている。金の縁取りが施された楕円型のローテーブルを挟むように、二人用のソファと一人用のソファが向かい合っている。光沢があるマホガニーの茶と、金華山《ビロード》の赤の対比が美しい。

「いい部屋」

彼女は暖炉の上部分を撫でながら、大型ミラーを眺めていた。鏡ごしに目が合った。

「映画の登場人物になるには、最適だろう？」

彼女は振り返り、ふふ、と控えめに笑った。それはまさしく女優の表情だった。

「……そうね」彼女はもう敬語を使っていなかった。「いけないいことも映画の中なら許されるでしょ」

森沢は彼女の台詞の意味を吟味した。独身同士だとしても、互いの立場を考えたらスキャンダルになる。

「不道徳こそ、フィクションのエッセンスだよ。男女の許されざる関係も――ね」

そのとき、部屋のチャイムが鳴った。

彼女がわずかに緊張の色を見せた。

「ルームサービスだよ」

森沢は安心させるように言った。

「……私が訪ねてくるのが分かっていたの？」

「まあね――と言えたら格好よかったんだけど、正直に言えば偶然だよ。フラれたから一人で寂しくワインを呷ってたんだ」

森沢はシャンパンを丸テーブルに置くと、玄関に行き、覗き穴を確認した。制服姿のホテルマンがエレガントなワゴンと共に立っていた。

ドアを開けると、ホテルマンが言った。

「ルームサービスをお持ちいたしました」

象眼模様の天板が高級感を醸し出しているワゴンに、ワイングラスと赤ワインが載せられている。

「ありがとう」

森沢は赤ワインに手を伸ばした。

「あっ、お客様、お部屋にお持ちいたします」

「いや、自分で持っていくよ」

森沢は赤ワインとグラスを取り上げ、分かるだろう？　と目で告げた。

さすがは『ヴィクトリアン・ホテル』のホテルマン、すぐに察し、うなずいた。

「かしこまりました」

森沢は赤ワインとグラスを持って部屋に戻った。彼女に掲げてみせる。

「酔うには充分かな？」

「そうね」

森沢はソファに腰を下ろすと、テーブルに赤ワインとグラスを置いた。彼女が真向かいに座る。

「さて、改めて乾杯しようか」

森沢は彼女が持参したシャンパンを開け、互いのグラスに注ぎ入れた。グラスを掲げると、琥珀色の液体の中の気泡がライトに照らされ、無数の宝石のようにきらめいていた。

「再会に乾杯」

グラスの縁を触れ合わせる。慣れ親しんだ動作だったが、部屋で二人きりの今、軽い口づけを連想した。

森沢は、シャンパンを飲む彼女の唇をじっと見つめた。

彼女はその視線に気づいているはずだが、まぶたを伏せ気味にして、シャンパンを味わっている。

森沢は緊張を悟られないよう、グラスに口をつけた。喉は一時的に潤ったものの、シャンパンが胃に流れ落ちると、心音がにわかに速くなった。

酔いが回るには早すぎる。彼女の存在を意識し、体が反応しているのだ。

しばらくは会話を楽しみながら、シャンパンを飲んだ。

森沢は頃合いを見計らい、口を開いた。

「……寝室に大きなテレビがあるんだ。一緒に映画でも観ないか？」

見え見えの口実だったが、彼女はほほ笑み、「ええ」とうなずいた。

森沢は立ち上がると、彼女を寝室に誘い入れた。

H

林志津子

『ヴィクトリアン・ホテル』最上階の廊下には、壁に寄り添うように豪華なソファが置かれていた。

林志津子は敏行と隣り合って座り、真正面の窓を見つめていた。夜空が眺められる。

「……静かね」

赤色の絨毯が敷かれた廊下には、飾り気がない三灯の真鍮のシャンデリアが淡い明かりを落としていた。物音一つしない。

「世界に私たち二人しかいない気がする……」

志津子は夜空を眺めながらつぶやいた。

「そう……だな」

隣の敏行がしんみりと答えた。

何でもない時間に小さな幸せを感じる。超高級ホテルで、宿泊客の姿もない場所で、静かに時の流れに身を任せるだけ——。

「いい思い出になったわね……」

敏行は「ああ」とうなずいた。

「……もうすぐね」

死の時が刻一刻と迫ってくる。部屋に戻ったら大量の睡眠薬を服用し、痛みもなく、あの世に旅立つのだ。愛する夫と共に――。

「なあ……」敏行が大きく息を吐き出した。「お前だけでも――」

志津子は彼の顔を見つめた。夫は最後まで言わなかった。唇を引き結んでいる。

「私たちは最期まで一緒よ」

志津子は敏行の二の腕に手を添えた。筋肉が強張った夫の腕は、わずかに震えていた。

「志津子を――巻き込みたくないんだ」

血が滲むような悔恨の口調だった。

「私たち、一蓮托生《いちれんたくしょう》でしょ。結婚したときに、どんなときでも一緒だって誓い合ったでしょ」

「だが――」

「今さら言いっこなしよ。話し合って決めたでしょう？　遺《のこ》されるほうがつらいもの」

「俺の愚かさの巻き添えにしてしまった。すまない」

「あなたがあなたらしくあった結果よ」

敏行は唇を噛んだままうなだれた。

「後悔しないで、あなた」

「……難しいな、それは」

「あなたには最期まで付き添うって決めたもの」

「すまない」

「謝らないで」

「……ああ」

志津子は夫の肩に頭をもたせかけた。しばらく、互いの息遣いしか存在しない静寂が続いた。

やがて、敏行がぽつりと言った。

「あいつを……赦《ゆる》してやってくれ」

あいつ――。

夜逃げした友人の竹柴のことだと分かった。

弁当屋をはじめたころは、まさか日本が――いや、世界がこんなことになるとは想像もしなかった。

過去から学んだ多くの日本人は、比較的冷静に構えていたが、不安に駆られてトイレットペーパーを買い占める人々も、少なからず存在した。

経営難に苦しむ業種も少なくない中、贅沢さえしなければ、細々とでも、長く続けていけるはずだった。

だが、資金不足に陥った竹柴に夫が手を差し伸べ――。

店も土地も失った。

「あいつも、世界がこんなことになっていなきゃ、夜逃げなんかしなかったはずなんだ……」

「……分かってる」

「あいつも犠牲者なんだよ」

「ええ」

「俺は誰かを憎んだまま死にたくないんだよ。人を憎むことは簡単だ。だが、赦すことには勇気がいる。お前の感情までは俺がどうこうできないが、少しでも穏やかな気持ちで……」

逝ってほしい——とは言わず、言葉を濁した。

「人を赦すことが美徳で、優しさとされる世の中であってほしい。俺はそう思う」

「そんなあなただからこそ、私は好きになったのよ」

無愛想だが、胸の内に優しさを秘めた夫だ。世の中の誰に批判されようと、愚かだとあざ笑われようと、夫の選択を誇りに思う。

「……もう行きましょうか」

敏行が「ああ」と腰を上げた。

二人でエレベーターホールに行くと、志津子は『▽』を押した。反応がなかった。

故障だろうか？

二度、三度とボタンを押すと、ようやくランプが点いた。

エレベーターが到着し、ドアが開いた。乗り込み、自分たちの階を押す。

エレベーターはガタッと揺れた後、やけに大きなモーターのうなり声を発しながら、降りはじめた。

§ 佐倉優美

何をしていても、先ほどの林夫妻が気になって仕方がなかった。深刻な表情が印象に残っている。

ベッドの縁に腰を下ろしている佐倉優美は、半裸のまま老夫妻に想いを巡らせた。

〝最後〟――。

林夫妻は実感を込めてその単語を口にした。

『ヴィクトリアン・ホテル』は、明日の夜の『フィナーレ・コンサート』を経ていったん歴史に幕を下ろす。客たちは誰もが〝最後〟を意識して宿泊に来ているだろう。

だが、林夫妻には別の想いがありそうな気がした。それは直感的なものだった。

もう少し話をしてみたかった。いや、するべきだった気がする。もし老夫妻がよからぬことを考えているとしたら――。

止めなくてはならない。

優美は衣服を身につけると、部屋を後にした。間接照明が仄かに照らす廊下は、隅に闇が吹き溜《だ》まっていた。深夜十二時前だから大半の客は寝ているだろう。

急に孤独を覚えた。きゅっと胃が締まって冷たくなるような感覚――。世界で自分しか生きていない錯覚に囚われる。内装が豪華で、だだっ広いから、なおさら〝独り〟を意識するのだろうか。

エレベーターホールに行き、『▽』を押した。エレベーターが着き、扉が開く。時間が時間だから無人だ。

優美はエレベーターに乗り込み、一階へ降りた。エントランスホールは閑散としていた。ホテルマンが一人、フロントに受付が二人――。他に人影はなかった。

エントランスラウンジには、読書中の中年男性が一人、談笑する中年女性が二人、それぞれソファに座っている。

優美はフロントに歩み寄った。

「あのう……」

声をかけると、男性の受付が応対してくれた。

「いかがされましたか」

「実は――」

思い切って話しかけたものの、いざとなると言葉に詰まった。一体何と言えばいいのか。

林夫妻も今ごろは自室で夢の中かもしれない。思い過ごしだったら？

優美はためらいがちに切り出した。

「林さんの部屋について――」

「林様でございますか？」

「はい。年配のご夫婦です。さっきお話ししているときに、忘れ物をされているのに気づいて……」

「ああ、それでしたらフロントでお預かりいたします。林様にお返しいたしますので」

「いえ、それは――」

考えてみれば当然の応対だろう。ホテルマンが宿泊客の個人情報をべらべら喋るはずがない。

優美は適当に誤魔化し、フロントを離れた。エントランスラウンジのソファに座り、ため息をつく。

林夫妻がまだホテル内を散策しているとしたら、捜し出せるかもしれない。だが、杞憂《きゆう》だったら？

善意のつもりでも相手を傷つけることがある――。そう思うと、二の足を踏んでしまう。

余計なお世話かもしれない。最初から何もしなければ、人を傷つけたり不快にしたりすることもない。林夫妻はきっと無料弁当配布へのクレームの件で思い悩んでいただけだ。

そう自分に言い聞かせた。

「すみません……」

ふいに声をかけられ、優美は顔を上げた。立っていたのは、さっきまで一人で読書していた中年男性だ。

「佐倉優美さん――ですよね？」

優美は慎重に「はい……」とうなずいた。プライベートを理由に素っ気なく応じるべきか、逡《しゅん》巡《じゅん》する。

「あ、すみません、急に声をかけてしまって。佐倉さんには僕の作品に一度出演してもらったことがあったもので」

優美は驚き、中年男性の顔をまじまじと眺めた。プロデューサーか監督か脚本家か——。

「覚えてらっしゃるか分かりませんが、作家の三鷹コウです」

中年男性が名乗った。

作家——。

「あっ、『アベルと太陽』の——」

「そうです、そうです」

三鷹コウは原作者として二度ほど撮影現場に顔を出している。そのとき、挨拶を交わしたことがある。

優美は慌てて立ち上がり、あらためて「お久しぶりです」と挨拶をした。

「佐倉さんが演じてくれたヒロインは、美しくて、タフで、格好良かったです」

「ありがとうございます。原作を読ませていただいたとき、私もそんなヒロインに惚《ほ》れ込みましたから」

「そう言っていただけると、作者冥利《みょうり》に尽きます」

「三鷹先生はプライベートで？」

「はい。馴染みのホテルの最後の夜なので、千葉のほうからやって来ました。実は新作のドラマ化が決まりまして、その挨拶で上京したついでに」

「ドラマ化ですか。おめでとうございます」

「ありがとうございます。大勢の目が集まる場はいまだに緊張します。佐倉さんは大舞台の主役は慣れてらっしゃるでしょうが」

「私も人並みに緊張しますよ。演技中と素《す》の自分では、全く違いますし」

素の自分――か。

演技を離れても、自分は『佐渡島優美』ではなく、『佐倉優美』として振る舞っている。二十四時間三百六十五日、『佐倉優美』であり続けなければいけない。母がそうであったように――。

優美はふと思い立ち、彼に尋ねた。

「あのう……。三鷹先生は日本人の老夫婦をお見かけしませんでしたか？」

「老夫婦――ですか？」

「はい」

優美は林夫妻の外見的特徴を説明した。

三鷹コウは「ああ」と立てた人差し指を振った。

「見ました見ました。たぶん、三十分ほど前に見かけたご夫婦じゃないかと思います」

三十分前――。

林夫妻はまだ部屋に戻っていなかったのだ。『ヴィクトリアン・ホテル』最後の夜を堪能しているのだろう。あるいは何か別の想いを抱いて――。

「どこでですか？」

三鷹コウは少し考えるような仕草をした。

「たしか……七階の小さなラウンジだったと思います。二人のお年寄りが手を取り合って、置物のようにただじっとソファに座っていて。スプーンを重ねたような二人の姿をしばらく眺めていたんです。二人の人生のバックグラウンドを想像しながら」

まだ林夫妻に会えるだろうか。行動するなら今しかない。だが――。

「どうしました？」

顔を上げると、三鷹コウが怪訝な表情をしていた。

「あ、いえ」優美は誤魔化した。「バックグラウンドを想像するなんて、作家さんっぽいですね」

「人間観察は大事ですから。女優さんもきっと同じでしょう？　あっ、今の時代は俳優さん、と表現するべきでしたか」

「え？」

「性別で区別するのもあれかな、と思いまして」

「そんなことないですよ。私は女優と呼ばれることが好きです。だって、大男優とか、大俳優とは言わないでしょう？　私は母のような大女優になりたいんです」

「なるほど、大女優ですか」

「はい。生涯の目標です」

「佐倉さんならなれますよ、絶対に」

「ありがとうございます」

礼を言ってから話を続けようとしたとき、彼が「佐倉さん」と流れを断ち切った。

「何ですか？」

「行かなくていいんですか」

「行く？」

「そのご夫婦に会いたそうでしたから。何かわけありなんでしょう？」

「それは――」

答えられなかった。余計なお節介が怖い。親切心が裏目に出ることが怖い。

「何かお悩みみたいですね。僕で良ければ、話してみませんか」

彼の思いやりあふれる口調に心が揺れた。

迷っていると、三鷹コウは背中を押すような声音《こわね》で言った。

「……座りましょうか。そのほうが落ち着いて話せるでしょう？」

彼は返事を待たず、ソファに腰を下ろした。優美はほんの少しだけ悩んだものの、そのままソファに座った。ローテーブルを挟んで向かい合う。

優美は一呼吸置いてから、林夫妻に感じている不安について語り聞かせた。彼は神妙な顔つきで聞き役に徹していた。

「――どう思います？」

「それは捜したほうがいいかもしれませんね」

「でも、思い過ごしだったら――」

「笑い話です」

「笑い話になるでしょうか？」

「優しさの空回りはいつだって笑い話です」

素直にうなずけない自分がいた。優しさが人を傷つけた経験が呪いとなって自分を縛る。

「何かためらう理由が？」

「……実は、私、休業したんです」

「新聞で見ました。理由は色んな憶測が飛び交っていますね」

「はい。正直に言えば、演技できなくなってしまったんです」

三鷹コウは心配そうに眉を顰《ひそ》めた。

「自分の加害性ばかり考えて苦しくなってしまって……」

「加害性？　誰かを傷つけてしまったんですか？」

優美は小さくうなずいた。

「私のSNS《ツイッター》に『シリーズ』への批判があって――」

創作する人間と演じる人間――。読者や視聴者にエンタメを提供するという意味では、同じ側だ。彼なら理解してくれるのではないか。

「シリーズ作品というと――『美月香《みづきかおり》シリーズ』ですか？」

「そうです。ご存じでしたか？」

「もちろんです。視聴者を元気づける作品ですよね。あれは批判を受けるような内容じゃないでしょう？」

「それが――」

優美は言いよどんだ。

批判は思わぬところから飛んでくる。SNS《ツイッター》でぶつけられた批判は――。

『社会的に許されない作品です』

社会に存在することが悪であるかのように、作品そのものを全否定された。

彼が先に口を開いた。

「本当に『美月香シリーズ』が批判されたんですか？　あの作品を批判するなんて、もう理不尽な言いがかりしかないでしょう？」

「そうでもないんです。その批判も一見正しくて……。私には何が正しいか分からなくなってしまったんです。作品が社会に間違ったメッセージを与える、って言われてしまって」

「間違ったメッセージ？」三鷹コウは理解しかねるように首を捻《ひね》っていた。「『美月香シリーズ』はむしろ、昨今の風潮を徹底的に尊重して物語が作られていると思いますけど……。煙草も出さず、偏見を助長するシーンもなく、政治的公正《ポリティカル・コレクトネス》に忠実で、タフなヒロインが銀行内の男社会の理不尽に立ち向かって結果を出していくストーリーでしょう？」

優美は苦笑いを漏らした。

「そこが逆に批判されたんです」

「うーん……想像がつかないですね。どんな批判だったんですか」

「『現実では依然として女性が活躍する社会になっていないのに、安易に物語の中で活躍する女性を描くことで、もうすでにそういう公平な社会が実現しているという誤ったメッセージを視聴者に与える』って」

社会正義——と言われたら反論できなかった。引用リツイートで批判した相手がフォロワー数の多いインフルエンサーだったこともあり、『いいね』が一万件以上付いた。賛同者が何百人も現れ、シリーズ打ち切りを要求する返信《リプライ》も届いた。

「タフな女性が格好よく堂々と活躍することが逆に批判されるなんて、想像もしていなかったので、動揺して……。演技することが怖くなってしまって」

三鷹コウは腕組みしてうなった。

「僕もそういう主張があるのは知っています。外国人が上司として登場して、全く差別されていない世界を描いたら、現実はそんなに平和じゃない、という理由で、批判されたりしますね。かといって、貧困と差別に苦しんでいて、理不尽な社会に怒《いか》る外国人を描いたら、『それは典型的な外国人像で、偏見を助長する。無理解で、不快だ』と批判されたりします」

優美は黙ってうなずいた。

「結局のところ、一切触れないことが正解になってしまいます。でも、それはそれで『外国人が一切登場しない世界は不自然だ』と批判されます」

「三鷹先生もそのようなご経験が？」

三鷹コウは苦笑した。

「そりゃ、二十年も作家生活を続けていると、色々ありますよ。物語に〝正解〟なんてないんです。一人一人の正義や価値観を全て反映させた物語は存在しません」

「それは……そうですね」

「どんな描き方をしても、人が傷つく、社会に悪影響を及ぼす、偏見を助長する、という三つの〝倫理〟で全否定して、批判できるんです。僕に言わせれば、僕が見たり読んだりしてきた物語は全て、国民的アニメやドラマでさえ、誰かが他の作品の糾弾のために振りかざした論理や倫理、道徳、社会正義で否定できますよ。批判の余地がない、と断言できるとしたら、肯定の偏見《バイアス》があるからです」

彼の中にはもう自分なりの確固たる答えがあるようで、それが羨ましかった。

「……『美月香』の優しい性格も批判されました」

三鷹コウは「ふむ」と相槌を打った。「どういう〝道徳的正義〟で批判されたんですか」

「『女性は優しくなければならない、という呪いを女性全員に植えつける』って。美月香は、嫉妬で自分の仕事を妨害した理不尽な上司だったり、同僚だったりを許すんです」

「そういう部分に対して呪い——ですか。他人を諸悪の根源に仕立て上げるには便利な言葉です。その理屈もまた呪いなんですよ」

「どういうことですか」

「その批判の発言を目にした女性が人に優しくするのを躊躇する呪いにかかります」

優美ははっとした。

――優しさは呪いだ。

自分が抱えている苦しみを言い当てられた気がした。

「優しさは呪いではありません」三鷹コウは優しい口調で言った。「誰もが持っているべき、美徳です。そもそも『美月シリーズ』のテーマの一つは、〝他者を許す勇気〟だと僕は読み取りました。そこになぜ性別の概念が入ってくるんでしょう？　主人公が男であっても、敵対していた相手を許す物語になっていたはずです。あなたを批判した人はバイアスに囚われていて、そういう本質を読み取れていないんだと思います」

心からそう思えたらどれほどよかっただろう。ツイッターで批判をぶつけられるうち、自分の加害性ばかり意識し、身動きが取れなくなった。

「何かを表現すれば、誰かは傷つくんです。親しい人間を自殺で亡くしていたら、自殺のシーンに傷つくでしょう。親しい人間を交通事故で亡くしていたら、交通事故のシーンに傷つくでしょう。親しい人間をいじめで亡くしていたら、いじめのシーンに傷つくでしょう。不倫で家庭崩壊を経験していたら、不倫のシーンに傷つくでしょう。事件や事故や不道徳な行為だけではありません。問題を抱えて対立している家族が物語を通して関係を修復するストーリーを描いても、『家族は仲良くなければいけない、という強迫的な呪いを植えつける』と批判されます。では、崩壊した家族を描いて、家族は一緒にいなくてもいい、というメッセージの作品を作れば、世の全員が救われるでしょうか？　否、です。そもそも、なぜ佐倉さんが批判の対象になったんです？　小説家や漫画家と違って、作品を創っているわけでもないのに。主演女優に一体何の責任が？」

優美は視線を落とした。

「出演している時点で、偏見を助長する作品に加担しているって」

「ああ、なるほど。最近はそういう風潮も強まっていますね。問題を指摘されたコンテンツからは、降板しなければ良心を示せない、みたいな風潮が」

「私はどうすればいいんでしょう」

「良識的な人間だとアピールするために降板しますか？」

「い、いえ……」

「今度は、作品で救われていた人たちを傷つけますよ。作り手側が、物語に救われた人たちに〝罪悪感〟を与えてはいけないんです。どんな物語も誰かを傷つけ、誰かを救うんです」

優美は膝の上でぐっと拳を握り締めた。

「優しさに呪われないでください。自分にとって不快な表現や物語を消す人間が次には、それを愛好する人間を否定し、罵倒し、目の前から消そうとする。その次には自分を不快にする人間も消そうとする——。そんな姿は散々見てきました。創作物《フィクション》の人物の多様性すら認められず、作品に不寛容な人間が現実の他者に寛容になれるはずがありません。なぜなら、作り物の人物に怒りや不快感を感じて我慢できないなら、同じような性格の現実の人間を嫌悪しないはずがないからです」

三鷹コウは厳しい口調で断言した。

「優しすぎる人間ほど、思い悩んでしまうものです」

心が揺れた。彼の言葉に縋りたい。

「たしかに、現実では人種差別も性差別もなくなっていません。しかし、それを描かないことが社会悪だとは思いません」

「どんな批判も感想の範囲内なんでしょうか」

「読者も視聴者も感想は自由に言えます。面白い、つまらない、上手い、下手《へた》——。何の感情も掻き立てない物語に一体どれほどの価値があるでしょう」

「そうですよね……」

「感想で表現の自由が奪われるわけではありません。否定的な感想を見て今後に生かすも、今までのスタイルを貫くも、創作者側の自由です」

「分かります」

「ただ、社会的道徳や社会的正義を理由にした批判になると、それは創作側の自由と意思を殺しかねません。社会的に許されない表現をしている。つまり、作者の人間性や思想やモラルに問題がある。そういう方程式で作者の人格否定に繋がることが多いからです。真面目な創作者なら、そのレッテルに耐えきれず、自分の表現を捨てるか否かの選択を強いられますから。それこそ、相手が用いる〝呪い〟です。自分たちは他者からの〝呪い〟の抑圧に敏感なのに、他人には無自覚に〝呪い〟の抑圧を与えて、作者に改善するかどうか決める自由がある、強要はしていない、と言い逃れる。フェアではありません」

優美はうなずいた。

「褒め言葉でも批判でも、作品を変えることを目的としていなければ、ただの感想です。しかし、個人的価値観を持ち出して、作品を自分の理想どおりに変えさせようとしているなら、それはもはや感想ではありません。単なる独善と傲慢です」

優美はまたうなずいた。

「フィクションの表現の加害性に敏感になるなら、自分が吐く言葉にも同じだけの厳しさを向けるべきです。創作物より、言葉のほうが何十倍も人を傷つけるんですから。佐倉さん、あなたは苦しみすぎているんです」

「私は――」優美は彼の目を見つめた。「このまま『美月香』でいてもいいんでしょうか?」

三鷹コウは優美の眼差しを真正面から受け止め、はっきりと大きくうなずいた。

「『美月香』は強く優しいまま、物語の中で堂々と輝き続けてください。それに後ろめたさを持つ必要はありません。物語で救われている人たちを大切にしてください」

彼の言葉に救われた。自分こそ誰かから救われたかったのだと、今、初めて気づいた。

「ありがとうございます」

優美は決意を胸に秘め、立ち上がった。

「私――林夫妻を捜してみます」

M

三木本貴志

リネン室は柔軟剤の香りに包まれていた。

三木本貴志はふーっと息を吐き、室内を確認した。純白のシーツやタオルや枕が積み重ねられたスチール製のラックが三方に置かれている。

朝までここでホテルマンの目をやり過ごそう。

三木本は座り込むと、ラックに背中を預けた。

数分が経ったとき、キャスターの音が聞こえてきた。宿泊係のワゴンが戻ってきたのだ。

緊張感が跳ね上がった。

三木本はリネン室内を見回すと、ラックとラックのあいだに素早く身を潜めた。

直後、ドアが開く音がした。四段目に積まれたシーツと五段目に積まれた枕の隙間から、室内の様子が窺える。

宿泊係の女性がワゴンを運び入れていた。シーツをラックに戻している。

緊張が絡みつく、どこか金臭い息がふーふーと漏れる。聞き取られないか、呼吸のたびに不安が増大する。

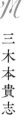

――早く出て行ってくれ。

心の中で何度も念じた。

宿泊係の女性は踵を返し、視界から消えた。唐突にリネン室が暗闇に閉ざされる。扉が閉まる音に続き、施錠の音が聞こえた。

三木本は詰まっていた息を思いきり吐き、ラックとラックのあいだから出た。

さすがに朝の清掃の時間まではもう誰も来ないだろう。ひと眠りし、朝を待ってから大勢の宿泊客に紛れてホテルを抜け出そう。ホテルマンに捕まるわけにはいかない。

コンビニ店長がレジの金の持ち逃げを通報していたら、今ごろ警察がアパートを訪ねてきているかもしれない。ホテルを出た後は、逃げられるだけ逃げよう。

逃亡生活――か。

一体いつまで逃げ切れるだろう。

三木本はジャケットのポケットから赤茶色の財布を取り出し、中身を確認した。三万二千七百円――。

逃亡資金としては心もとないな――と自嘲の笑みがこぼれる。

逃亡先で日雇いの仕事でも見つけるしかない。最悪の場合、誰かの金を盗めば――。

ホテル内を走り回ったせいか、喉の渇きを覚えた。唾で喉を湿らせるも、それでは全く潤わなかった。

――何か飲み物が欲しい。

そういえば、廊下に誰でも利用できる製氷機室があったはずだ。自動販売機も置かれていた。飲み物の存在を意識すると、ますます喉が渇いた。

今、廊下に出るのは危険だろうか。だが、抱いてしまった渇望には勝てそうもなかった。

三木本は立ち上がると、出入り口に近づいた。扉に耳を押し当てて廊下の物音を窺った。返ってくるのは静寂だった。

——よし、今なら大丈夫だ。

三木本は鍵を回し、ゆっくりとドアを押し開けた。隙間からそろりと顔を出した瞬間、女と顔を合わせた。

相手が驚きの声を上げた。驚愕《きょうがく》に目が見開かれ、悲鳴をほとばしらせようと口が開く。

三木本は衝動的に女の口を押さえ、リネン室へ引きずり込んでいた。女が救いを求めるように内側のドアノブを摑んだが、そのまま引っ張ると、彼女の手が離れた。女を羽交い絞めにしたまま勢い余って尻餅をつく。遅れてドアが閉まった。

乱れる息を整えようと努めるも、容易ではなかった。

まさか深夜に女が歩いているとは思わなかった。廊下の絨毯が足音を消していたのだろう。

一体どうすればいいのか。

女がもがき、こちらの正体を確認しようとするように首を後ろへ捻った。

だが、暗闇の中では互いの顔も影と化している。シルエットで存在を実感するのみだ。密着していると、女の身体《からだ》の柔らかさと、石鹸《せっけん》のフローラルな香りを意識した。

「……暴れないでくれ」

三木本は懇願した。

女の全身には力が入ったままだ。少しでも拘束が緩んだら逃げ出そうと機を計っているのが分かる。

「危害を加える気はない」

我ながら空虚な台詞だと思った。深夜にいきなり密室に連れ込まれた相手からすれば、何の説得力もないだろう。

「俺は――悪人じゃない」

そう、強姦魔《ごうかんま》のような極悪人ではない。

女が身をよじった。抵抗の意思なのかどうか、分かりかねた。

「悲鳴を上げられたら困る。頼む」

命令や脅迫より、下手に出たほうが相手も落ち着くだろう。声には切実な感情を込めた。

演技の必要はなかった。切羽詰まっているのは事実だ。状況も、人生も――。

女の影はためらいがちに小さくうなずいた。

信じていいものかどうか、判断はつかない。だが、ずっとこのままというわけにはいかない。

「口を解放するからな……」

三木本は深呼吸し、ゆっくりと右手を放していった。叫ばれそうになったら即座に口を塞ぐ心積もりはしておいた。

口から手を放し切ると、女は——叫ばなかった。

三木本はほっと胸を撫で下ろした。だが、それは一瞬だけで、危機意識はすぐに戻ってきた。

——女をどうすべきか。

問題はそれだった。解放したら、そのままホテルマンに助けを求めるか、警察に通報するだろう。リネン室に潜んでいることが知れ渡る。

逮捕——。

頭の中に浮かぶ絶望の二文字。女と遭遇しなければ、朝を待って宿泊客の群れに紛れてホテルを脱出し、他県へ逃亡できた。だが、今はそれも難しくなってしまった。

追い詰められた心境になる。実際、追い詰められている。どうすればこの窮地を脱せるのか。

窃盗罪の逮捕を免れるために、より大きな罪を犯す覚悟は——ない。

「俺は——」三木本は必死で言葉を探した。「ホームレスなんだ」

「え?」女が困惑の声を漏らした。「ホームレス?」

この若さで『ヴィクトリアン・ホテル』に宿泊できるようなセレブには想像もつかないだろう。

「凍えそうな寒さに耐えられなくなって、暖まれる場所を探していたら、たまたま『ヴィクトリアン・ホテル』が目に入って……。つい足を踏み入れてしまったんだ」

全くの嘘ではない。コンビニのレジの金を持ち逃げした時点で、犯行の発覚は確実だったから、もう自分のアパートに帰るつもりはなかった。そもそも、家賃も滞納中だ。金を盗まなくても部屋を追い出されるのは時間の問題だった。

「エントランスホールで夜を明かそうかとも思ったけど、俺は宿泊客じゃないし、ホテルマンに注意されそうだったから、ホテル内をうろついて……。たまたま鍵が開いてたここに隠れたんだ」

「そう——だったんですか」

女の声に同情の響きを聞き取った。何とか説得できるかもしれない。一縷《いちる》の希望を覚えた。

「この寒空で追い出されたら、凍死してしまう。どうかホテルマンに告げ口しないでくれ。たった一日——今夜だけでいいんだ」

三木本は懇願し、根気強く女の反応を待った。気が遠くなる間がある。

唾を飲み込み、喉を鳴らしたとき、女が答えた。

「……分かりました。黙っています」

その場しのぎの嘘だろうか。それとも——。

「……もう、放してくれませんか」

女が顔色を窺うように慎重な口ぶりで言った。

三木本は逡巡したすえ、女から手を離した。彼女が安堵するように大きく息を吐いた。

「あなたのことは黙っていますから、出て行ってもいいですか」

解放したとたん、ホテルマンに通報される。結局のところ、人間の優しさなど信用できないのだ。彼女も裏切るだろう。

そのとき、携帯電話が振動した。

深夜帯にも躊躇なく電話――。コンビニ店長だろう。どうせレジの金の持ち逃げの件だ。予想はついたものの、念のためと思い、携帯を取り出し、開いた。コンビニ店長の名前が表示されている。

三木本は画面を睨みながら舌打ちした。

「あっ――」

女が当惑の声を漏らした。

三木本は顔を上げた。至近距離で目が合った。

青白い仄明かりで陰影が作られている美しい顔立ち――。

なぜ彼女の顔が視認できるのか、一瞬、意味が分からず、三木本は言葉を失った。

携帯の明かり――。

迂闊だった。相手の顔が分かるということは、当然、向こうも――。

女の顔には見覚えがあった。彼女は財布の持ち主だった。

免許証の名前を思い出した。たしか――佐渡島優美。

着信が切れると同時に、リネン室はまた暗闇に閉ざされた。彼女はまた影と同化した。

静寂がしばらく続くと、優美の影が蠢《うごめ》き、光源が復活した。彼女がスマートフォンを手にしていた。

もう顔は隠せなかった。

三木本は優美の目を見つめた。彼女の揺れる瞳は、困惑と恐怖がない交ぜになっている。

互いに無言で顔を見つめ合った。

緊張をあらわにした優美は、はっと目を見開いた。

「あなた、私の財布を盗んだ――」

三木本は小さく舌打ちしながら目を逸らした。内ポケットの財布を意識する。

やはり、気づかれていたのだ。

エントランスラウンジで財布を抜き取った直後、彼女と目が合った。顔を見られた。財布がないと気づいたとき、そのときのことを思い出したのだろう。そして――特徴をホテルスタッフに訴えた。

答えずにいると、彼女が重ねて訊いた。

「そうですよね？」

三木本は歯噛みしながら彼女の顔を窺った。窃盗犯だと確信している眼差しだった。

言い逃れは通じない。

三木本は観念し、懐から赤茶色の財布を取り出した。彼女は目を瞠ると、恐る恐る手を伸ばし、三木本の表情を窺ってから財布を引ったくった。中を確認する。

居心地の悪さを感じ、三木本は目を逃がした。だが、無言の視線に耐えきれず、優美を見た。

しばらく視線が交錯した。

彼女が抑え気味の声で訊いた。

「ここに入っていたお金は？」

どう答えるべきか。ホームレスを演じ続ければ同情され、赦されるだろうか。

「空腹で——」三木本は胸を刺すような後ろめたさを感じながら、答えた。「レストランで晩飯を食べたんだ」

優美はスーッと目を細めた。瞳に猜疑が渦巻いている。

「一昨日から飲まず食わずで……」

言いわけのように付け加えた。

「……八、九万はあったはずですよ」

「それは——」三木本はまた視線を外した。「料理が想像以上に高くて……」

「メニューに値段が載ってますよね？」

詰問口調だった。

高級ワインを注文したのは自分だ。金額を承知で注文した。

本当にホームレスなら、一食に大金を使わないだろう。臨時収入は大事にするはずだ、と彼女は考えている。疑念がありありと伝わってくる。

「普段からこんなホテルの料理を食べ慣れてる人間には分からないだろうけど、一生口にすることがないようなご馳走を見せられて、我慢できなかったんだ……」

弁解してから優美の顔を見る。彼女の表情からは心なしか険しさが薄れていた。

「……ごめんなさい」

「え？」

謝られるとは思わず、三木本は困惑した。

うつむいた彼女は、申しわけなさそうな表情をしていた。

「ごめんなさい、無神経で……」

「い、いや――」

「そういう事情が想像できなくて」

本気で言っているのだろうか。本気で財布を盗んだ相手に同情しているのか？

それとも――。

深夜の密室で二人きりという危機的な状況で、相手を刺激しないように理解者のふりをしているのか。気を許させておいて、解放されたとたんホテルマンに助けを求めるのかもしれない。

三木本は疑心暗鬼になりながら、優美をじっと見返した。労《いた》わるような眼差しと向き合った。

「きっと大変な思いをされたんですね……」

口調には掛け値なしの思いやりがあふれていた。

三木本は彼女の優しさに怯えた。

人生で家族からも他人からも優しさを向けられた経験がない。どうすればいいのか分からない。

「俺は――優しさを憎んでる」

積年の憎悪が噴出しそうになった。

声に怒りを感じ取ったのか、優美が動揺したように身じろぎした。彼女がもたれているラックが揺れた。頭上で物体の影が動いた。ずり落ちてくる。

「――危ない!」

三木本は目を剝き、とっさに動いた。優美に覆いかぶさった。瞬間、全身に降りかかってきたもの――。

何個もの枕だった。

甘ったるさを感じる石鹼の香りが鼻孔をくすぐる。それが洗濯された枕のにおいなのか、密着している彼女のにおいなのか、分からなかった。

「あの……」

彼女の声が耳に入り、三木本は我に返った。枕を撥《は》ねのけながら上半身を起こした。

弱々しい光源の中、彼女の瞳が揺れていた。

「悪い」

三木本は目を逸らした。

「話を――」優美が抑えた声で言った。「聞かせてください」

三木本は驚いて彼女に目を戻した。

「どうして優しさを憎むんですか?」

三木本は天井を振り仰ぎ、息を吐いた。

「俺は――人から優しくされたことがない」

非日常的な状況に感情を揺さぶられ、気がつくと、三木本は自分の苦しみを吐き出していた。

両親は支配的で、「お前のためだから」が口癖だった。息子に対して綺麗なもの、、、、だけを許可した。観せられるテレビや映画も、不健全なシーンがないものにかぎられた。だが、そんな作品の中の優しさにこそ、傷ついてきた。

両親から許可された物語では、誰もが優しくされ、愛されていた。誰も傷つけられることがなく、笑顔だった。子供のころは、現実も同じだと純粋に信じていた。だが、違った。現実の世界では、男から見下され、女からあざ笑われた。無視もされた。

作り物の世界と現実のギャップ——。

なぜ自分はこの物語のような綺麗な世界で生きていないのか。なぜ誰も優しくしてくれないのか。

〝優しい物語〟に精神的に追い詰められ、世界を——世の中の人々を憎んだ。

なぜ自分だけが——。

理不尽だと思った。物語の製作者は想像もしていないだろう。自分たちが作っている〝優しい物語〟に苦しめられ、世の中に憎悪の炎を燃やしている孤独な人間が存在することを。社会を破壊してやりたいと思い詰めている人間が存在することを。

製作会社や出版社に抗議の手紙を出したこともあった。だが、少数派の声など届きはせず、〝優しい物語〟は生まれ続けた。〝優しい物語〟を愛し、楽しめるのは、他人から優しくされた経験がある者だけだ。

そんな中、ずっと避けていた、不健全で、不道徳で、残酷で、不幸な人間を描いた物語がストッパーになった。世の中の理不尽さを知り、自分より底辺の人間を見ることで、救われた。

優美は黙って話を聞いてくれていた。

「――俺はそうして社会からこぼれ落ちたんだ」

彼女はまぶたを伏せ気味にして、小さくうなずいた。

「誰からも見向きもされず、今、こうして人の金を盗んで、追い詰められてる」

「私は――」優美は心苦しそうに口を開いた。「そんな人の苦しみを想像したことがありませんでした」

「……そうだろうな」

『ヴィクトリアン・ホテル』に宿泊できるようなセレブの視界には、決して入らないだろう。

「でも――」彼女は言った。「あなたは優しい人だと思います」

「俺が？」

思わず鼻で笑いそうになった。だが、彼女の眼差しがあまりに真っすぐだったので、思いとどまった。

「俺は――」三木本は唇を噛み、言葉を絞り出した。「窃盗犯だ。あんたの金を盗んだんだ」

「……そうですね。でも、私を庇《かば》ってくれました」

「は？」

「今」

彼女の視線を追い、三木本は散乱する枕を見つめた。恥ずかしさを伴った苦笑が漏れる。

「……過剰反応だったよ。枕だとは思わなかった」

「枕だと思わずに庇ってくれたんだから、それは優しさじゃないんですか？」

優しさ――。

あれは反射的な行動だった。頭で考えたわけではない。彼女はそれを優しさだと言うのか。

理解できなかった。

「俺は――」

言葉が続かない。

薄闇の中に静寂が降りてくる。

彼女は枕を取り上げ、黙って埃《ほこり》をはたきはじめた。立ち上がってラックの上に載せる。

育ちの良さが窺えた。

三木本は彼女の姿を見つめ続けた。出入り口のノブがガチャッと音を立てたのはそのときだ。

人が来た――！

心臓が飛び上がり、振り返った。ゆっくりノブが回っていく。

三木本は優美を見た。戸惑った表情と対面した。

ドアが開いた瞬間、三木本はラックの陰に身を潜めた。リネン室内に白光が広がり、薄闇が追い払われた。電気が点《つ》いたのだ。

心臓の鼓動音が胸の内側で大きく響いている。金臭い汗のにおいが鼻をつく。

出入り口のほうから中年女性の小さな悲鳴が聞こえた。陰から覗き見ると、優美が立ち尽くしていた。

「な、何をされているんですか」

優美に当惑の声が向けられた。客室係の女性だろう。宿泊客の要望で何かを取りに来たのだ。

最悪だ――。

彼女をラックの陰に引き込むべきだった。抵抗されたとしても、羽交い絞めにして――。

三木本は唇を噛み締めた。

逃げ場はない。出入り口に立ち塞がっている客室係を突き飛ばして逃げるか？

身を起こす体勢をとったとき、優美の声が耳に入った。

「――少し酔ったみたいで、部屋を間違えてしまったんです」

客室係の困惑した息遣いが聞こえてくる。

三木本は啞然としたまま優美の姿を覗き見た。彼女は気恥ずかしそうにはにかんでいる。

「宿泊客です。五〇二号室の佐渡島優美です」

「……そうでしたか」安堵が滲んだ声だ。「お部屋までご案内いたしましょうか？」

「いえ。もう酔いは醒《さ》めたから、平気です。ご心配をおかけしてすみません」

彼女が出入り口のほうへ歩いていく。

まさか、庇ってくれたのか――。

足音が遠のいていくと、客室係がシーツかタオルを手に取る音が聞こえてきた。そして――電気が消え、またリネン室が暗闇に閉ざされた。

室内には優美の残り香がかすかに漂っていた。

T 高見光彦

高見光彦は先輩作家たちの話を聞きながら、おつまみのアーモンドを口に運んだ。途中から編集長も合流していた。先輩作家全員と付き合いが長いらしく、奥村将たちと思い出話に花を咲かせている。

ブレイクのきっかけとなった作品を執筆した動機や、俳優の不祥事で映画化寸前に企画が流れた事件や、編集部に送りつけられてきたとんでもないクレームの内容など――。

表には決して出てこないエピソードの数々に、興奮しっ放しだった。中と外では見えている世界が違いすぎた。デビュー前に文学仲間たちと好き勝手に論じていた業界話には何の根拠もなく、全て決めつけの妄想だったと思い知った。

深夜になると、竜胆辰と剛田創一が腰を上げた。

「じゃあ、俺らはお先に」

「『シャイン』が待っとるからな」

文壇バーの名前だろうか。

担当編集者が立って「お疲れ様でした」と頭を下げた。二人の大作家が「おう」と軽く応えた。

貫禄充分だった。

担当編集者に促され、高見も慌てて立ち上がった。

「お疲れ様です。今日はどうもありがとうございました」

竜胆辰が高見の肩に手を乗せ、軽く揉《も》むようにした。

「頑張れよ」

「はい！」

竜胆辰と剛田創一がバーを去っていくと、奥村将と朝倉紫明、編集長、担当編集者が残った。

それからしばらくは先輩作家二人から、至言を貰った。

「物語は、人の心の中に存在している欺瞞《ぎまん》や偏見をいともたやすく暴き出す。君の受賞作を読んで不快感を覚えた読者がいたとしたら、それは自分がひた隠しにしていて向き合いたくなかった欺瞞や偏見を突きつけられたからだよ。胸を張ればいい」

特に奥村将の叱咤《しった》激励は励みになった。

頃合いを見計らって担当編集者が「では、そろそろ――」と切り出した。

編集長が腕時計を確認し、高見を見る。

「あまり遅くなるのもあれですしね。お開きにしましょうか。授賞式でお疲れでしょうし」

高見は苦笑いしながら「はい」と頭を掻いた。

「新時代の作家として期待していますよ。社としても、力を入れて受賞作を売っていきますから」

「ありがとうございます。よろしくお願いします！」

高見は奥村将と朝倉紫明に挨拶し、担当編集者と共にバーを出た。

「夜遅くまでお疲れ様でした。明日は二時から取材ですから、一時半に迎えに来ます」

高見は明日の予定を確認し、担当編集者と別れた。一人になると、天井を見上げ、安堵の息を吐いた。

緊張の一夜がようやく終わった。大勢の目が集まる大舞台での挨拶、居並ぶ他社編集者たちとの名刺交換、雲の上の存在だった大先輩たちとの会話――。胃が痛くなる一日を乗り切った。

すぐにでもベッドに倒れ込みたかった。だが、奥村将や朝倉紫明の助言どおり、せっかくの『ヴィクトリアン・ホテル』を少しでも長く体験してみたかった。

高見は一階に降りると、エントランスラウンジを眺めた。授賞式を控えているときは、ホテル内を観察する余裕はなかった。

猫脚のソファは、金華山《ビロード》の花柄模様の生地がゴージャスで、大理石の天板が重厚なローテーブルを囲んでいる。仄明かりが透けているシェードのテーブルランプは、装飾的なボディで、曲線が美しい花瓶形をしていた。

装飾が施された壁に、マホガニー製のキャビネットと半月形のコンソールが寄り添うように置かれている。

中世ヨーロッパの城を思わせる内装だった。授賞式の夜しか来ることはできないだろう。

高見はエントランスラウンジの中央にあるソファに座り、利用客を眺め回した。深夜が近くても、数組が談笑している。

アラブ系の外国人と話しているビジネスマン風の男性がいた。流暢なアラビア語だ。内容は全く分からない。

他には——禿頭《とくとう》の紳士と話している三十前後らしき女性もいた。ローテーブルに数枚の資料を広げ、何やら説明している。こんな時間に商談でもしているのだろうか。

耳を澄ませていると、「二億が——」と大きな数字が聞こえてきた。想像もできない金額だ。別の席では、中年の男女が向かい合って喋っている。株価の話をしているようだった。小難しい専門用語が漏れ聞こえてくる。厳しい口調で話しているから、景気はよくないのだろう。

高見はしばらく利用客の人間観察をした。

エレベーターホールのほうから白人の女性が降りてきた。紅潮した顔に脂汗が滲んでおり、息苦しそうだった。若いホテルマンが即座に駆け寄り、英語で話しかけた。

英語なら多少は理解できる。白人女性は具合が悪いらしく、医師の診察を受けたがっていた。だが、病院で英語が伝わるか心配しているようだった。

ホテルマンが安心させる口調で「病院まで付き添います」と話し、二人で玄関のほうへ歩いていった。宿泊客を大事にしているのが伝わってくる。

ホテルマンの仕事——か。

高見は立ち上がると、エントランスラウンジの片隅に立っている三十代くらいのホテルマンに歩み寄った。一分の隙もなく着こなしている制服の胸元には、『岡野』と名札がある。

「素晴らしいサービスですね」

白人女性とホテルマンの背を見ながら話しかけると、ホテルマンの岡野は穏やかな笑みを浮かべた。

「どうもありがとうございます」

「病人に付き添ったりもするんですね」

「我々ベルマンは何でもさせていただきます」

「ベルマンというのは？」

「お客様のお荷物をお部屋までお運びしたり、ご案内差し上げたりするスタッフのことです。ホテル全体がフィールドですから、お客様が気持ちよくお過ごしできるよう、気を配っております」

「大変なお仕事ですね」

「お客様、何かご要望はおありですか？」

「いえ」高見は首を横に振った。「しいて言えば、少しお話を」

「お話――ですか」

「実は僕、今日『鳳凰の間』の授賞式に出ていた、駆け出しの作家なんです」

岡野は、ああ、と大きくうなずいた。

高見は今夜の話をした。今はエントランスに客が少ないからか、岡野は丁寧に相手をしてくれた。

「岡野さんはどうして『ヴィクトリアン・ホテル』で働こうと思ったんですか？」

高見は興味本位で訊いた。

「小さなころから慣れ親しんだホテルでしたから」

「ご両親が『ヴィクトリアン・ホテル』の常連だったんですか？」

「いえ。父もここのベルマンだったんです。そんな父の背中を見て育ったので、自然とこの世界に入りました」

「そうだったんですね。ベルマンだったというのは？」

「あっ、もちろんまだ健在です。父はもうベルマンではなく、ここの支配人を務めております」

「支配人！　失礼な言い方になってしまうかもしれませんが、ベルマンから支配人になれたりするんですね」

「ベルマンはホテル全体を見回して、自分で考えてお客様をもてなさなければいけません。一人前のホテルマンになるには、ベルマンを経験することが重要とも言われているんです」

聞いていると、興味深い話だった。単なる宿泊施設としてしか見ていないホテルの内情はたしかに面白かった。

高見はエントランスホールを眺め回した。

「それにしても――内装も素晴らしいですね」

「ありがとうございます。エントランスはヴィクトリアン調になっております」

「ヴィクトリアン？」

「十九世紀イギリスの、ヴィクトリア女王時代の様式のことです。落ち着いた雰囲気で、お客様に安らいでいただけるよう、改修されたんです」

ヴィクトリアン調――か。まさに『ヴィクトリアン・ホテル』の名前に相応しい。

高見は岡野を拘束していることを申しわけなく思いつつも、客が寝静まっている深夜という時間帯に甘え、業界の興味深い話に耳を傾けた。

「――ドアマンは目立ちませんが、お客様が最初に目にする人間ですから、ホテルの顔とも言えます。視野の広さも大事ですが、『ヴィクトリアン・ホテル』は一日に数百台の車が行き交いますので、お客様の荷物の積み下ろしも担うドアマンは体力も必要なんです」

「腰を痛めそうですね」

「慣れないと大変です。重い荷物は両手で持たないと、腰を痛めますね。お客様のお荷物を傷つけるわけにはいきませんから、細心の注意が必要です」

「フロントはフロントで大変なんでしょうね？」

「そうですね」岡野は軽く笑いながら、フロントを一瞥した。深夜にもかかわらず、三人が常勤している。「部屋割りはパズルのように複雑ですから、コントロールが大変です。一日に百件以上チェックイン・チェックアウトを行いますが、ミスは許されません。状況に応じて臨機応変に対応する柔軟さも必要です」

『ヴィクトリアン・ホテル』のスタッフたちがいかに矜持を持ち、宿泊客をもてなしているか、良く分かった。総料理長、客室マネージャー、ドアマン、ベルマン、フロント、ロビーマネージャー、ソムリエ、宴会チーフ――。他にも数え切れないほどのスタッフが全力で働いている。

「お時間をとらせてしまってすみませんでした。とても興味深いお話でした」

「とんでもありません。ぜひいつか、ホテルを舞台にした小説を書いていただけましたら」

「はい。僕も書きたいですね」

「心より応援しております」

「ありがとうございます」

「受賞作、誰もが目を背けたい現実を描きながらも、温かみが見え隠れしていて、とても面白い作品でした」

突然の感想に高見は面食らった。

「読んでいただいているなんて、想像もしませんでした」

「毎年、当ホテルで授賞式を開いていただいているので、受賞者の方の作品を拝読しているんです」

「ホテルマンとしてそこまでされているんですか？」

高見は驚きの声を上げた。

岡野は照れたように微苦笑を浮かべた。

「いえ、作品が面白いからですよ。もう五、六年前でしょうか。初めて授賞式の様子を拝見しまして、興味を持ったんです。それまでは娯楽小説というものを読んだことがなかったのですが、受賞者の方の挨拶で、どんな作品なんだろう、と思い、手に取ったのがきっかけです。それからは、毎年、受賞作が発表されると、すぐに購入して読むようになりました」

「そうだったんですね。楽しんでいただけて何よりです」

「私のような素人がこのようなことを申すのは大変おこがましいですが、受賞作はきっと多くの読者の心を揺さぶると思います」

胸が熱くなった。

「ありがとうございます！」

勇気づけられる言葉だった。この先、受賞作が注目され、大勢の目に晒されたとき、作品がどう評価されるか、不安もあった。だが、大きな励ましになった。

いつか、本当にホテルを舞台に物語を書いてみたいと思った。ホテルで働く人々を主役にして。

高見はホテルマンに礼を言って別れると、中央階段を一段一段踏み締めながら二階へ上がった。

それにしても、夢のような一夜だった。大勢が集まる授賞式、憧れの先輩作家たち、中でしか分からないディープな裏話の数々——。

赤色の絨毯が貼られた薄暗い廊下の先——『鳳凰の間』は両開きの扉が閉ざされていた。

夢の後——か。

急に儚さを実感した。

人の夢、と書いて『儚』だ。一人きりになると、盛大な授賞式が夢だったかのように思える。

何となく、寝るのが怖かった。起きたら全てが幻になっているかもしれない。

いや——。

高見はかぶりを振った。手のひらを顔の前に持ち上げ、握ったり開いたりした。自分の拳が摑んだもの――。それは現実だ。間違いない。自分はここで――『鳳凰の間』で壇上に立ち、受賞を祝ってもらったのだ。緊張の挨拶もこなした。

ふう、と息を吐いたときだった。

「おい」

背後から声がした。

驚きながら振り返ると、文学仲間の谷口正治が立っていた。細面に不機嫌そうな感情が表れている。

「余韻を楽しんでんのか？」

谷口の言葉には棘があった。

高見は谷口の目を真っすぐ見返した。

「……まだここにいるとは思わなかったよ」

「悪いかよ」谷口は顰《しか》めっ面を作った。「出版社に宿泊費を払ってもらってるお前と違って、こっちはしけた安ホテルだからな。せっかくの『ヴィクトリアン・ホテル』を堪能してんだよ」

「そうか……」

「何だよ、そうか、って。上から目線でよ」

「そういうつもりじゃ――」

谷口は「ふんっ」と鼻を鳴らした。「お前こそ、こんな時間まで何してんだよ」

「……先輩作家たちと二次会だよ」

谷口は不愉快そうに顔を歪めた。鼻筋の上に横皺が刻まれる。細目がますます細まる。

「自慢かよ」

「……いや、事実だよ」

「あっそ。大きな賞を受賞したからって、調子に乗んなよな。俺に勝ったと思うなよ」

執拗な絡み方に少し苛立った。黙って言われっぱなしになる義理はない。

「小説は勝ち負けじゃないだろ。エンタメは読者を楽しませるために書くものだ」

「大人ぶってすかしてんじゃねえぞ。お前の受賞作なんか、人を楽しませるどころか、不快にして傷つけるんだよ」

人を傷つける——か。

授賞式や二次会に参加する前なら、谷口の難癖に揺さぶられ、動揺しただろう。だが、先輩作家たちと話した一夜で、心構えが変わった。子供から大人になったような気分だった。

「震災を巡る女性の物語なんだ。誰かを救う物語が誰かを傷つけることはある」

「開き直るなよ」

「開き直ってるわけじゃない」

「じゃあ何だよ」

「大勢を楽しませて、誰かを救う物語を書くとき、少数の一般的じゃないクレームに萎縮する必要はないって思ってる」

「少数派《マイノリティ》の苦しみなんか無視すりゃいいってか」

高見は内心でため息を漏らした。

「悪意ある解釈するなよ。その言い分ってさ、裏を返したら、誰か一人でもそれで傷つくって主張する人間がいたら、誰も救っちゃいけないってことだぞ」

谷口は言葉に詰まった。

「それってさ、自分たちの首も締めると思うよ。自分たちが助けを求めても、その助ける行為で誰か傷つく人がいるなら、助けてもらえなくなる。そんな世の中が本当に平和で健全かな？　自分の私情で誰かの自由を縛ったら、そのときは満足かもしれないけど、いずれ自分にも跳ね返ってくる」

「……偉そうなこと言うじゃねえか」

「震災で家をなくした人からしたら、一家団欒《だんらん》のシーンでも傷つく人はいる。だからって、家を失った一家の物語を書いたら、それだって自分たちの苦境を忘れたい人を傷つける。不幸も幸せも書けないなら、何を書くんだ？　〝普通〟を書くなら別に小説なんていらないし、そもそも、物語にもならない。何より、そんな〝普通〟の家庭にも傷つく人はいる。その〝普通〟に当てはまらない家庭の人間からしたら、自分たちは〝普通〟じゃないのか、って、傷つく」

反論は予想していなかったのだろう、谷口は歯を嚙み締めていた。顎の筋肉がぐっと盛り上がっている。

「先輩作家の受け売りだよ」高見は笑みを返した。「僕はこの一夜で色んなことを学んだんだ」

「……自慢すんなって言ってんだろ」

「事実を正直に言っただけだよ」

「調子に乗るなよ。この先、世間から批判されるぞ」

「……それはそうなってほしいっていうお前の願望だろ」

「……後悔するなよ」

「後悔はしない」高見はきっぱりと言った。「僕は自分の物語を書き続けるよ」

苛立ちを噛み締めているような表情の谷口に別れを告げ、高見は『鳳凰の間』の前を後にした。

強くならなければ、と思う。

高見はエレベーターに乗り、八階に上がった。閑散とした廊下に部屋が並んでいる。おそらくスイートルームだろう。

出版社が取ってくれた部屋はスタンダードなので、三階にある。上階の部屋にはどんな客が宿泊しているのだろう。

想像を巡らせながら廊下を歩き、突き当りまで来た。アーチ型の窓から夜景を眺める。

授賞式を終え、全てが一区切りした気がする。

受賞の連絡を受け、心臓が飛び上がった。それから五ヵ月。右も左も分からないまま、編集者に指示されながらただ流されていくような毎日だった。

受賞作を出版するための作業をこなし、授賞式の一ヵ月前にデビュー作が書店に並んだ。先輩作家
震災の傷跡を忘れないよう、高い志を持って書き上げた作品は世間にも好評だった。先輩作家

からも評価してもらえた。これ以上、何を望む？

後は——一人でも多くの読者に作品が届き、心を揺さぶることができたら満足だ。

高見は、ふう、と息を吐いた。

明日からは現実が待っている。先輩作家たちのアドバイスを胸に刻み、受賞後第一作の出版に向けて地道な執筆作業がはじまる。今は担当編集者と面白いアイデアについて話し合っている。

受賞はゴールではなく、スタートなのだ。

アマチュアではなく、プロにならなければいけない。

一生涯、物語を書き続ける覚悟を胸に秘め、高見は踵を返した。

M 森沢祐一郎

森沢祐一郎は目を覚ますと、薄闇の中、ベッドの隣を見た。人影はなかった。

ベッドサイドテーブルのスタンドランプを点ける。刺繍《ししゅう》入りのシェードが明るみ、暖色の仄明かりが薄闇を円状に追い払った。

森沢は全裸で身を起こした。

一夜の夢であったかのように、彼女は忽然《こつぜん》と消えていた。だが、シーツの皺が、彼女がたしかに存在していた痕跡を表していた。残り香が鼻先をくすぐる。

彼女と肌を重ねた感触はしっかり残っている。

ベッドを共にしたのは、単なる気まぐれだったのか？　芸能界に息苦しさを感じ、羽目を外したかったのかもしれない。自分はたまたまその相手に選ばれた――。

森沢は苦笑した。

一夜だけの情事――。

それは自分がさんざんしてきたことではないか。女優やアイドルの卵と食事し、誘い、部屋で抱いた。

森沢は煙草を取り出し、火を点けた。一服し、紫煙を吐き出した。煙は天井まで細長く立ち昇っていく。

彼女に未練があるのか――？

森沢は自問した。多くの女と後腐れのない関係を続けてきた。それが一番気楽だった。打算の関係だ。女は番組出演を求め、こちらは遊び相手を求めている。駆け引きして楽しむだけ――。

だが、彼女を知った今は――。

〝人生には時として自分の価値観を変えてくれる相手に巡り合うことがある。そんなときは格好つけずに捕まえろ〟

村越専務の言葉が脳裏に蘇る。

今がまさにそんなときではないか。

一夜の関係で終わらせたくない。

だが――。

あまりに立場が違いすぎるではないか。

彼女の女優としてのキャリアを台なしにしたくない。男の影は足を引っ張るだろう。それが分かっているからこそ、彼女も割り切っていた――。

おそらく彼女は自分の部屋に帰ったのだろう。今ごろはシャワーでも浴び、ベッドに入っているかもしれない。

だが、もし違ったら?

残り香があるということは、出て行ってからまだ間もないということだ。もしかしたら、追いかけてきてくれることを期待してはいないだろうか。

自室に帰らず、ホテル内のどこかでたった一人でたたずんでいる彼女の姿がまぶたの裏に浮かんだ。その横顔はアンニュイだった。

淡い希望かもしれない。

だが、縋りたかった。

森沢は居ても立ってもいられず、煙草を灰皿でにじり消すと、立ち上がった。脱ぎ散らかした服を大急ぎで身につける。

決意と覚悟を固め、部屋を飛び出した。人っ子一人いない廊下が延びている。壁のブラケット照明が仄かに照らしていた。

いざ誰もいない廊下に出ると、現実を見せつけられた気がして、彼女が待っているはずがないという諦めに襲われた。

森沢はかぶりを振った。悲観的な想像を振り払う。

そもそも最初から可能性などないに等しいのだから、一体何を失う？

失うものなど何もない。

歩きはじめようとしたとき、人影が立ち塞がった。はっとして相手の顔を見る。

期待した相手では——なかった。

彼女と出会う前に体の関係を持った女優の卵だった。眉間に縦皺が寄っている。

「……何か用かな？」

彼女は怒気を低く抑えた声で答えた。

「私を騙したこと、週刊誌に暴露します」

森沢は顎を撫でた。

「……君が今回のことをどう考えるかは君の自由だよ。だけど、僕は女性にも自由な意思があってもいいと思ってる」

「どういう意味ですか」

「ミニスカートで男の目を集めたい女性がいてもいいし、肌を露出したくない保守的な女性がいてもいい。プロデューサーやスポンサー企業の人間に色仕掛けを仕掛ける女性がいてもいいし、実力で結果を出そうと頑張る女性がいてもいい。僕は最初に訊いたよね？　誰かに言われて来たのか、って。君は自分の意思だと答えた。もし誰かの命令だって答えてたら、僕は君を追い返したよ」

彼女は下唇を嚙み締めていた。

「君は自分の意思で体を使って役を取ろうとした。僕は誘惑に乗った。それは君と僕の意思だ。お互いに自分で決めたことだよ」

彼女は何も反論しなかった。

元より彼女をやり込めようと思っているわけではない。

森沢は小さく嘆息した。

「……まあ、でも、君の執念に敬意を表して、別の番組でテレビ映えする脇役を探してるから、推薦してあげるよ。そっちはオーディションじゃないから、他の誰かにアンフェアにならない。これでいいかな?」

それは完全な気まぐれだった。

電球が灯ったように、彼女の顔がパーッと明るんだ。

「ありがとうございます!」

森沢は苦笑を返した。

「じゃ、僕はこれで」

森沢は軽く手を振ると、彼女の横を通りすぎた。

今の最優先事項は——。

森沢は早足で廊下を歩き、突き当りのラウンジの前に来た。赤茶色のマホガニーの縁取りと猫脚が美しいヴィクトリアン調のソファが向かい合うように並んでおり、茶褐色のコーヒーテーブルに置かれたスタンドライトが薄ぼんやりと照らしている。

奥に、背中を向けて座っている人影が——人の頭があった。

森沢は期待に胸を膨らませ、駆けつけた。

人影の正体を確認した。ソファに座っていたのは——二十代半ばくらいの男だった。単行本を読んでいる。

落胆のため息が漏れる。

彼女ではなかった——。

男が顔を上げ、怪訝な眼差しを向けてきた。

森沢は後頭部を掻きながら、苦笑を返した。

「すみません、人違いでした。人を捜してまして——」

「人、ですか?」

「女性なんです」

「もしかして、女優の——」

男は言葉を濁した。彼女のプライバシーを考慮したのだろう。思慮深い性格なのかもしれない。

「見かけましたか」

尋ねると、素性を探るような視線が森沢の全身を軽く這った。

森沢は疑いの言葉を向けられる前に、先んじて言った。

「僕は彼女のマネージャーなんです」

男は表情を緩め、西側の廊下を一瞥した。部屋番号のプレートと共に茶色のドアが並んでいる。

「彼女は自室に戻りましたよ」

「どこですか？」

森沢は前のめりになりながら訊いた。

彼女が同じ階に泊まっているとは思わなかった。部屋が分かれば、訪ねることができる。

「……マネージャーさんなら部屋番号もご存じでは？」

意地悪をするような口調だった。

森沢は返事に詰まった。

「……彼女は自分で宿泊手続きをしたんです」

「自分で？　つまりプライベートってことですよね。マネージャーさんはそこまで追いかけるんですか？」

「必要とあらば」

「なるほど」

男は森沢の左腕に視線を落とした。

「今の時代、マネージャーさんも儲《もう》かるんですね」

「え？」

「ロレックスでしょ、それ」

思わず「あっ」と声を漏らし、反射的に右手で腕時計を隠した。気まずい間がある。

「……彼女ほどの大女優のマネージャーですから」

「なるほど」

「納得していただけましたか」

男は開きっぱなしの単行本を閉じた。表紙にはゴシック体で『死命のとき』とタイトルがある。

男は小さく首を横に振り、森沢の腰を指差した。

「マネージャーはベルトも外したまま、女優を追いかけるんですか？」

森沢ははっとした。

慌てて服を着て飛び出したから、ベルトを嵌《は》めないままだった。腰に巻いているのに、留めていない姿は奇妙だろう。まるで彼女を襲おうとして逃げられ、必死で追いかけてきたようにも見えかねない。

「そもそも――」男は言った。「マネージャーも彼女と同じこんな一流ホテルに宿泊するんですか？」

反論の言葉もない。それはたしかに不自然だ。

森沢は観念すると、お手上げのポーズをした。ため息を漏らしながらソファに腰を落とす。

自室に帰ってしまったのなら、やはり彼女にとっては一時の気まぐれだったのだろう。もう会うつもりはない、という意思表示だ。

赤の他人に戻ってしまった。いや、最初から赤の他人だ。恋人ではない。

「嘘は早々に見破られていたようですね」

森沢は苦笑を男に向けた。

男は底意のない微笑を見せた。マネージャーではない根拠を指摘されているときは、恋路を邪魔する仇《かたき》のように思えていたが、こうして向き合うと、爽やかな顔貌をしていた。

「悪い人間には見えませんでしたが、何かの片棒を担ぐはめになるのは嫌だったもので」

「……僕が逆の立場でも、同じことをしたかもしれませんね。動機は違うかもしれませんが」

「動機？」

「他人の恋仲は邪魔したくなるでしょう？　特に相手が彼女ほどの有名人なら男側に嫉妬します」

男は笑い声を上げた。

「正直ですね。たしかにそうしたくなる気持ちは理解できます。自分のモノではないと分かっていても、奪われるような心境になりますよね」

「あなたがそうしていないことを願います」

「どう思います？」

駆け引きを楽しむような口ぶりだった。

「……あなたはそんな意地悪はしないでしょう」

男はからかうように笑った。

「分かりませんよ、それは。人気女優に嫉妬して、二人の再会を妨害しているかも」

「彼女が部屋に帰ったんじゃなく、僕を待って、どこかのラウンジにいるなら、嬉しいですけどね」

「あなたは彼女と恋仲だったんですか？」

森沢は肩をすくめてみせた。

「……そうでもなさそうですね。読みにくい関係です」

「アンと出会ったジョーのようなものですよ」

彼女は日常に——現実に戻ったのだろう。元より先がある関係ではない。

「ヒロインは公務に戻った、ということですか。たった一日の奇跡ですね」

「映画をご存じですか」

「『ローマの休日』でしょう？　名作ですね。職業柄、映画もよく観るんです」

職業柄——？

映画関係者だろうか。会社の先輩から人脈作りの大切さを教わった。新人のころは、様々な職種の宿泊客が集まる『ヴィクトリアン・ホテル』で人脈をよく作ったという。

森沢は名刺を取り出すと、テーブルに置き、自己紹介した。

男は頬を掻きながら答えた。

「すみません、僕は名刺を持っていないもので」

「お気になさらず。あなたは映画監督ですか？」

「いえ。僕は作家です」男はペンで文字を書く仕草をした。「今日、『鳳凰の間』で行われた授賞式に出まして」

そういえば、二階ホールを通ったとき、案内板に文学賞の授賞式の名前があった。

「観察眼は物書きゆえ、ですか」

「いえいえ」男は照れたように笑った。「単なるフィクションの探偵の真似事です」

謙遜なのか、見極めは難しかった。

森沢は脚を組むと、闇夜を映し出す窓ガラスに目を向けた。漆黒の夜空に琥珀色の月が浮かんでいる。

古き良き映画のように、彼女と劇的な再会があるのではないか、と胸の中で期待していた。

一夜の相手を追いかけて『ヴィクトリアン・ホテル』を捜し回る男。名画に描かれた美女のようにたたずむ彼女を発見する。言葉は必要ない。目が合った瞬間に互いの心が読める。全て伝わる。

無言で距離を詰める男。彼女のほうも一歩を踏み出す。

手が触れ合える近さになった瞬間、揃って立ち止まる。そして——見つめ合い、どちらからともなく、抱き合う。キスを交わす。

バックで流れる音楽は、スペイン語かイタリア語か、あるいはフランス語の愛の歌——。

だが、彼女が部屋に帰ってしまったなら、それはフラれた男の夢物語だった、ということだ。

きっと彼女の姿をテレビで観ながら、今夜の思い出を心に浮かべることになるだろう。

「……現実だと、ジョーのように美しく別れるのは難しいですね。みっともなく追いかけてしまいました」

「そんなものですよ」男は共感するようにうなずいた。「恋愛は一筋縄ではいきませんから」

「彼女が僕を待っているかもしれない――なんて思ったのは、自惚れでしたね」

「彼女と関係を？」

森沢は曖昧な笑みで誤魔化した。男はその表情で察したらしく、それ以上は訊いてこなかった。

しばらく無言で夜景を眺めた。

森沢は視線を外したまま、口を開いた。

「彼女を落とすつもりで、自分のほうが落ちてしまったみたいですね」

彼女の浮いた話は聞いたことがない。スキャンダルも報じられていない。

男に免疫がなく、恋愛経験が浅いならば、軽く手のひらで転がせるだろうと自惚れていた。だが、実際は手玉にとられてしまった。悔しいと思う反面、新鮮でもあった。

いや――と思う。

彼女にはそんな打算や駆け引きのつもりはなかったかもしれない。自分がそうだから、相手もそうだと思ってしまっているのだとしたら？

本心をたやすく見せないのも女優なのだろう。

「本当なら、なりふり構わず彼女を捕まえたかったですが、情けないことに、そこまでがむしゃらになれなかったんです。彼女が望まないのに、僕が付き纏ったら迷惑でしょうしね。引き際くらい美しくなければ」

彼女との未来は存在しないのだ、と自分でも分かっていた。

H 林志津子

真下の階でエレベーターが停止した。ドアが開き、乗り込んできた男性を見た林志津子は、「あっ」と声を上げた。

エントランスラウンジで少し話した森沢だった。『ヴィクトリアン・ホテル』に宿泊するやり手夫婦と勘違いされた節があった。

向こうも覚えていたらしく、「また会いましたね」とほほ笑みを見せた。

敏行が無理した作り笑いを返した。

「そうですね。ええと――」

「森沢です」

「あ、ああ、そうでしたね」

普段であれば夫も相手の名前を忘れなかっただろう。弁当を買ってくれる客の顔はしっかり記憶し、相手に合わせて話しかけていた。だが、今夜は――。

人の顔や名前を憶《おぼ》えても、もう意味はない。

森沢は指を伸ばし、『ロビー』を押した。それから『閉』を押した。扉は閉まりかけたが、大きな異音を発し、止まった。

「あれ？」

森沢は首を捻り、二度三度と『閉』を押した。扉が閉まり、エレベーターが下降しはじめた。

森沢は振り返ると、苦笑いしながら「失礼しました」と謝り、背を向けた。

その瞬間だった。エレベーターが何かに引っかかったように大きく揺れ動き、停止した。

三人で顔を見合わせた。

「……どうしたんでしょうね」

森沢は困惑顔で『ロビー』を押した。だが、エレベーターは小さく揺れただけで、動きはしなかった。

「駄目——ですね」

森沢は嘆息を漏らした。

敏行が落ち着いた口調で言った。

「故障ですかね。ホテルの人がすぐ気づくでしょう」

「そう願います。おとなしく待ちますか」

森沢はエレベーターの側面の壁にもたれかかった。ふう、と疲労感たっぷりの息を吐く。

沈黙の時間が一分、二分と経過する。

「困りましたね」森沢はこめかみを掻き、口を開いた。「ホテルに異常が伝わっているといいんですが……」

エレベーターが停止したとたん、ホテルに通報が届くシステムになっているのだろうか。想像しにくかった。

志津子はふと思い立ち、言った。

「緊急時のボタンなんかがあるんじゃないですか」

森沢は残念そうにかぶりを振り、パネルを指差した。

「それが通じないんですよ。古すぎて故障してるんですかね」

志津子はパネルに近づき、連絡用のボタンを押してみた。たしかに反応がなかった。少し迷ったすえ、『開』を押してみた。扉も固く閉ざされたままだった。

また黙ったまま数分が経過する。

密室内に熱気が籠もり、汗の玉が浮き上がってくる。

「……参りましたね」森沢は諦念が滲んだ声で言った。「深夜なので、すぐには気づいてもらえないかもしれないですね」

「かもしれませんね」

敏行はうなずくと、扉の上部を見上げた。横一列に並んだ数字は、『7』で停止している。

「誰かがエレベーターを呼んでくれたら、異常が発覚するんですけど……」森沢は顰めっ面をしていた。「みんな寝てるでしょうね。この時間帯はホテルマンも最低限の人数で回してるでしょうし……」

志津子は床を睨みつけた。

死の覚悟に水を差された形になった。後は部屋に戻って睡眠薬を服用し、ベッドに入るだけだったのに――。

刻一刻と時が経過する。だが、ホテルの従業員がエレベーターの故障に気づいた様子はなかった。

空気が重々しく、棺桶《かんおけ》のような息苦しさを感じる。志津子は額に滲み出た汗をハンカチで拭った。

沈黙を破ったのは森沢だった。

「焦っても仕方ありませんし、話でもしながら助けを待ちましょうか」

「話ですか？」敏行が彼を見た。

「そのほうが気も紛れるでしょうし。林さんはどのようなお仕事を？」

敏行はわずかに眉間に皺を寄せた。その小さな表情の変化で夫の内心の葛藤が窺えた。

「これも何かの縁ですし」森沢が冗談めかして言った。「ほら、こんな知り合い方、そうそうないでしょう？」

「……そうですね」

敏行は苦笑を返した。

反対に森沢は爽やかな笑みを浮かべている。

「下では話しそびれましたし、異業種交流——ということで」

異業種——か。

大袈裟な物言いに思わず笑いそうになる。

「せっかくですし、お仕事の話でも。どうです？」

敏行は志津子を一瞥し、森沢に向き直った。

「私たちは弁当屋を……」

「え？」森沢の顔に困惑が浮かぶ。「弁当屋というと——全国的なチェーン店とか？」

「いいえ。個人経営の店です」

「個人経営——ですか」

おうむ返しになっている。他に台詞がないのだろう。

志津子は森沢ともう一人の男性の会話を思い出した。

——野心を失ったら男は終わりだ。そこまでだよ。

——はい。

——野心を忘れない人間に人は惹かれるんだよ。いいか、常に飢えたままでいろ。貪欲になれ。

——はい。

——女遊びくらいしなけりゃ、半人前のままだぞ。

——心得ておきます。

二人の会話から何となく伝わってくる。彼らは普段、一流のビジネスマンを相手に仕事しているのだ。個人の小さな店ではなく。

森沢がエントランスラウンジで話しかけてきたのも、人脈作りという思惑があったからだろう。だが、『ヴィクトリアン・ホテル』に相応しくない庶民だと知り、当惑しているのだ。

気まずい空気が漂っている。

森沢は言葉を探すように目をさ迷わせていた。今度は敏行のほうが沈黙を破った。独り言をつぶやくような、淡々とした口調だった。

「夫婦二人、東京郊外の住宅街で、弁当屋をしています。最初で最後の思い出作りのつもりで、『ヴィクトリアン・ホテル』に泊まりに来たんです」

夫は過去形では語らなかった。

「……そうだったんですか」

「決して金持ちではないんです」

「いや、すみません。他意はないんです」

敏行は乾いた笑いを漏らした。

「いいんですよ。分不相応なのは承知です。それでも――」敏行は志津子をちら見した。「妻に思い出を作ってやりたかったんです。最後にミソがついてしまいましたが」

そのときだった。金属同士をぶつけるような音を立ててエレベーターが一瞬だけ落下した。

志津子は小さく悲鳴を上げた。

背筋が凍りついた。

落下したのは数十センチ程度だろう。しかし、ガタッと揺れた瞬間はそのまま地下まで落ちていくのではないか、と思った。心臓が縮み上がった。

森沢は広げた両手を壁に添え、目を剝いていた。彫像のように硬直している。体重をほんの少し移動させただけでも、エレベーターが落下するのではないか、と心配しているように。

志津子は唾を飲み込み、二人を交互に見た。

「このままじゃ――」

「揺らさないようにしましょう」

森沢は地雷原を歩くように、恐る恐る一歩を踏み出した。額に脂汗が付着している。

扉の前に立ち、合わせ目に両手を差し入れ、開こうとした。だが、無駄だった。

「駄目ですね」落胆のため息が漏れる。「じり貧です。自力で脱出しないと、僕たちは――」

七階の高さから落下したら、全員、命はないだろう。

敏行が静かに首を横に振った。

「下手に動くと、それこそエレベーターが落ちかねませんよ」

「もう時間の問題です」

森沢はエレベーター内を見回した。それから――天井を振り仰いだ。彼の目はハッチに注がれている。

「あそこからなら……外に出られるかもしれません」

敏行は天井を見上げた。だが、眼差しに感情はなかった。瞳にあるのは――諦念だ。

森沢もその感情を読み取ったらしく、声を荒らげた。

「他に方法はないんですよ！」

敏行は彼に視線を戻した。

「そうかも――しれませんね」

森沢がハッチを指差した。

「手伝ってください。一人じゃ、登れません」

「手伝うと言っても――」

「肩車をお願いします」

敏行は迷いを見せた。視線が床に落ちる。

「三人とも死ぬんですよ！」

森沢が詰め寄った。敏行は壁際まで後退した後、彼と視線を交わらせた。

目で会話するような間がある。

「……あなた」

志津子は夫に声を掛けた。何も言わなくても、言いたいことは伝わると思った。

敏行は志津子を見ると、小さく嘆息し、森沢に向き直った。決然とうなずく。

「分かりました。手を貸します」

「よろしくお願いします」

森沢が答えた。

敏行はハッチの真下に移動すると、しゃがみ込んだ。森沢が彼の肩に跨《また》がる。

「いきますよ」

敏行は気合いを入れながら立ち上がった。少しふらついたが、両脚を開き気味にして踏ん張った。

天井に迫った森沢は、正方形のハッチと格闘しはじめた。敏行は顔を汗まみれにしている。

志津子はハラハラしながらその様子を眺めていた。もし転倒したらその衝撃でエレベーターは落下するかもしれない。

やがて、硬質な音と共にハッチの蓋が外れた。森沢は蓋をずらし、天井裏へ置いた。

真っ黒い正方形の穴がぽっかりと開いている。

「登りますね。立ちます。踏ん張ってください」

森沢は敏行に声をかけると、ハッチに両腕を入れてバランスを取りながら、肩の上で立ち上がった。一点に体重が集中したからか、エレベーターが揺れ動いた。

「あっ——」

志津子は小さく悲鳴を上げながら、壁を支えにした。一瞬、全員が硬直した。

床を見下ろす森沢も、緊張の面持ちだった。

「……慎重に動きましょう」

声に震えが混じっている。

敏行は答えず、黙って脚立になっていた。

森沢はうなりながらハッチによじ登った。姿が消える。

敏行は疲労感が籠もった息を吐き、肩を押さえた。服の肩口には皺が寄り、靴底の跡が刻まれている。

「あなた、大丈夫？」

声をかけると、敏行は苦笑いを返した。

「何とか――な」

「無理しないでね」

「ああ」

天井から物音が聞こえてきて、志津子はハッチを見上げた。

森沢が顔を出した。

「目の前に扉がありました。ここから出られるかもしれません」

「そうですか……」敏行が答えた。「では、脱出を」

「あなたたちも出ないと！」森沢はハッチから腕を伸ばした。「摑まってください。順番に引き上げます」

「私たちは――」敏行は志津子を見た。「後で大丈夫です。森沢さんが助けを呼んでくれたら、それで」

「外から救助するにはきっと時間がかかりますよ。それまでにエレベーターが落下したら、終わりです」

「……私たちは、いいんです」

「何言ってるんですか！」

「もしものことがあっても、私たちなら別に――」

森沢の眉間に皺が寄る。

「森沢さん、一人で脱出してください」

「馬鹿言わないでください！」

森沢は手を引っ込めようとはしなかった。敏行は後ろめたさを隠すように視線を落とした。

「私たちは生きなくていいんです」

「え？」

敏行は大きく息を吐いた。

「……私たちは心中するために、最後の思い出作りに『ヴィクトリアン・ホテル』に泊まりに来たんです」

森沢が言葉をなくした。伸ばした手は引っ込め損ねたままだ。硬直した指に困惑が表れている。

「林さん、何を言い出すんですか。心中って――」

敏行は床を睨んだまま答えなかった。

志津子は夫の顔を見た後、森沢を見上げた。森沢の瞳は揺れていた。敏行の言葉を否定してもらいたがっているように思えた。

「……本当なんです」志津子は言った。「私たちは心中を決意してここにいます」

「まさか、どうしてそんな──」

「大切なお店を失って、借金を背負って……。もうどうにもならなくなったんです」

「借金……」

「はい。連帯保証人として、店と土地を売ってもとても返せない金額の借金を背負ってしまったんです。私たちのことは構わないので、森沢さん一人で脱出してください。こうしているあいだにも、エレベーターが落ちるかもしれません」

ハッチから顔を見せていた森沢は、一度後ろを振り返った。扉を確認したのだろう。

「……駄目です」森沢ははっきり言った。「そんな理由で見殺しにはしませんよ！」

「いいんです。森沢さんを巻き添えにしたくありません」

もう人生を諦めている。覚悟も決めている。後は夫と共に旅立つだけ──。

「どんな形であれ、こうして言葉を交わした相手を見殺しにしたら、一生後悔が残ります。僕はそんなの、嫌ですよ」

必死で訴えかける彼の姿に胸が締めつけられた。

「死んで何になるんです。生きていれば希望はありますよ」

敏行はがばっと顔を上げた。

「綺麗事を！　私たちが苦労して手に入れた店も土地も失ったんです。それでも返済しきれず、この不況の中、一体どんな希望があるんですか」

「……たかがお金の問題です。お金で命を捨てることなんてありません」

「お金がなきゃ、生きていけないんですよ、世の中は！　あなたのように恵まれていたら分からないでしょう」

森沢の顔が苦渋を嚙み締めるように歪んだ。眉間の縦皺に苦悩が刻まれている。

考え込むような間があり、森沢の顔が引っ込んだ。説得を諦めたのだと思った。だが、天井裏で物音がした次の瞬間、ハッチの穴から脚が出てきた。滑るように下半身が現れ――。

「な、何してるんですか！」

敏行が動揺した声を上げた。

森沢はハッチからぶら下がると、手を離した。軽い音とともにエレベーター内に着地する。揺れは最小限だった。

「なぜ戻ってきたんですか」

敏行が訊いた。森沢は真剣な表情をしていた。

「上から偉そうに話しても、何も伝わらないって分かったからです。同じ目の高さで話すべきだと思いました」

「だからって――」

「お二人が考え直すまで、ここに残ります」

森沢はきっぱりと言った。

志津子は動揺した。彼を自分たちに付き合わせるわけにはいかない。

森沢は、啞然とする敏行を見た。

「僕だって、金銭的に恵まれていたわけじゃありませんよ。貧しい子供時代をすごしました」

森沢はぽつりぽつりと語りはじめた。

貧しさに苦しんだ少年時代。人生を変える手段は勉強しかなかった。貧困の連鎖を断ち切るには、自分の努力しかない――。そう考え、ひたすら勉強した。環境的に恵まれている人間の何倍も努力するしかなかった。

勉強に人生を費やし、今の会社に就職できた――。

森沢は語り終えると、一息ついた。

「――僕は、ゼロからの人生でも、逆転できる可能性はあると思っています」

敏行は彼の言葉を嚙み締めるようにうつむいていた。だが、やがてゆっくりと顔を上げた。

「私たちには大きな借金があるんです。店も土地も失ってお金を稼ぐ手段がないのに、どうやって逆転すればいいんですか」

「……自己破産」

敏行は「え？」と顔を顰めた。

「自己破産すれば、借金はなくなります」

「借金が――なくなる？」

「はい。ご存じありませんか？　自己破産したら色んな制約がありますけど、借金はなくなります。そもそも、連帯保証人なら、あなた方の借金じゃないじゃないですか。それで命を絶つなんて――」

敏行が歯を食いしばっているのが見て取れた。だが、何を想うのか、妻でも読み取れなかった。

「マイナスから這い上がるのは大変でも、ゼロから上がるならできそうな気がしませんか？」

ゼロから――。

自分たちにはまだ生きる道があるというのか。

心臓が、どくん、と大きく打った。

§ 佐倉優美

佐倉優美は『ヴィクトリアン・ホテル』の七階へ来ていた。

作家の三鷹コウが、七階のラウンジで老夫婦を見かけたと教えてくれた。彼に励まされ、勇気づけられ、後悔しないように行動しようと決意した。

林夫妻はまだいるだろうか。

廊下を歩いていくと、その先にある小さなラウンジ――猫脚の二人用ソファが二脚ずつ向かい合うように、三ヵ所に設置されている――に着いた。

そこには――林夫妻がいた。三鷹コウの話どおり、二人は寄り添うようにソファに腰掛け、手を取り合って窓から夜景を眺めていた。近寄りがたい雰囲気が醸し出されている。

そう、まるで演劇のクライマックスで、舞台上の二人にだけ照明が当たっているかのように。

「あっ――」

思わず声を漏らすと、二人が揃って顔を向けた。

「あら」林夫人がほほ笑んだ。「お嬢さん、こんな時間まで出歩いていたら危ないわよ」

本気で心配してくれているのが分かる。

私こそ――。

「心配で」

優美は言葉に窮した。

どう説明すればいいだろう。いざ本人を前にすると、何を言えばいいのか分からなかった。

「ええと……」

「どうしたの?」

林夫人は温かな眼差しを向けていた。

他人にこれほど優しい表情をできる人間が死など考えているはずがない、と思う一方、だからこそ、思い詰めるのかもしれない、とも思う。

むしろ、この菩薩《ぼさつ》のような表情は、死を覚悟しているゆえだとしたら――。

「ご気分を害されるかもしれませんし、もしかしたら笑われるかもしれませんが――」

「なあに?」

「お二人とお話をして、何かよからぬことを考えているんじゃないか、って心配になってしまったんです。それで、お二人を捜して……」

「あらあら」林夫人は包み込むように笑みを深めた。「ありがとう、優しいお嬢さん」

優しい――か。

今はもうその言葉に思い詰めたりはしなかった。素直に受け止められる。

「大丈夫――ですか？」

優美は気を遣いながら訊いた。

林夫人は笑みを崩さないまま、緩やかに小首を傾げた。

「お二人が思い詰めているように感じたものだから――」

林夫人は窓に流し目を向けた。その眼差しは一体何を見ているのだろう。

優美は彼女の横顔を見つめ続けた。

やがて林夫人が窓を眺めたまま口を開いた。

「店じまいを考えていてね。それで二人して感傷的になっていたのかもしれないわ」

「店じまい――ですか？」

「そうなの。このご時世だし、続けても先は見えているもの。潮時かな、って思ったの」

「そうだったんですか。てっきり、心中でも、と心配してしまって……」

心中、という単語を出したとたん、志津子の表情に一瞬だけ暗い翳が差した。

何か思うところがあったのだろうか。そこには踏み込んではいけない気がして、優美は何も言えなかった。

「インターネットで販売しているお店もあるけど、私たちはこの歳でしょう？　インターネットがよく分からなくて。怖い印象しかないわ」

弁当の無料配布がSNS《ツイッター》で美談として拡散した結果、言いがかり同然のクレームが相次ぐ事態になったのだから、怯えるのは当然だ。今まではそんな不特定多数の悪意に晒されることはなかったのだろう。

「お気の毒に……」

「気にかけてくれてありがとう」

「何も力になれず……」

「その心が嬉しいわ。老後を生きていくだけの蓄えはあるし、何とかなるわ」

そう言った林夫人の瞳にはしずくが光っていた。

「……お二人の善意に救われた学生は大勢いると思います。もしクレームが原因の店じまいなら、そんな一部の人間の声に負けないでほしいと思います」

林夫人は弱々しく笑った。

「ありがとう。本当なら私たちもお店は続けたいと思っているの。こんなことで諦めなきゃいけないなんて、悔しいもの」

「だったら心ない声に負けないでください」

二人への励ましは自分への励ましだった。

三鷹コウに励まされた今なら迷わず答えられる。

作品がそれを楽しんでいる人々のために作られることが罪でないのと同じく、支援もそれで救われる人々のために行うことは罪ではない。感謝しているサイレントマジョリティの存在を想像もせず、自分たちが不快で気に食わないからといって、クレームを送って中止に追い込むことこそ、罪深いのではないか。それこそ他者への想像力の欠如だ。

優美は二人への説得を続けた。

二〇二〇年はコロナで世界が一変した。もっと優しさがあふれる世の中になってほしいと心から思う。

M 三木本貴志

三木本貴志はリネン室のラックの陰で息を潜めたまま、佐渡島優美のことを考えていた。

――いえ。もう酔いは醒めたから、平気です。ご心配をおかけしてすみません。

彼女が客室係に返した台詞が脳内をぐるぐる回る。

庇ってくれた――。

自分の財布を盗んだ窃盗犯に部屋に引きずり込まれ、二人きりで怖い思いをしただろうに、突き出すチャンスがありながらそうしなかった。

なぜ？

同情されたのか？　寒空で凍死したくなくてホテルに忍び込んだホームレスだという戯言《たわごと》を本気で信じたのか？

彼女の真意が理解できなかった。

安全な場所まで逃げてからホテルマンや警備員を引き連れて戻って来るのではないか。助けを求める相手が客室係の女性一人では頼りないと考えて――。

だが、いつまで経っても人はやって来なかった。リネン室は静寂に包まれたままだ。

まさか本当に逃がしてくれるつもりなのか？　自分の財布を盗んだ窃盗犯なのに？

眠れないまま夜が更けていく。

一分一秒がとてつもなく長く、時が凍りついているかのようだった。だが、朝は間違いなくやって来る。

逃がしてくれたのは彼女の同情心からなのか？

三木本は息を吐きながら立ち上がった。

とにかく『ヴィクトリアン・ホテル』を脱出しよう。ホテルマンに顔を知られている以上、細心の注意を払わなくてはいけない。決して目立ってはいけない。

宿泊客が起きてくる時間ではないので、客室係たちはまだ姿を現さないだろう。だが、それはつまり、一階のエントランスホールが閑散としていることを意味する。

今降りていけば、悪目立ちする。常在しているホテルマンの目を一身に集めてしまう。それだけは避けたい。

タイミングが大事だ。宿泊客が起きてエントランスホールを利用しはじめる時間帯で、なおかつ客室係が各部屋の清掃をはじめない時間帯――。

エアポケットのような時間帯を狙うのだ。

三木本は腕時計で時刻を確認しつつ、漫然と時間を潰した。ドアに耳を当てていると、たまに部屋から人が出てくる音がする。だが、午前五時はまだまだホテル全体が寝静まっている。

もう少し待ってみよう。

なぜ佐渡島優美が助けてくれたのか考えながら時間を潰した。いくら考えても答えは出なかった。

三木本は午前六時半になってから腰を上げた。

ノブを握ると、一呼吸し、恐る恐るドアを開けた。蝶番《ちょうつがい》の軋みが心臓に悪い。

顔を出して左右を確認した。廊下には誰もいない。突き当りの角を曲がった先にあるエレベーターホールは、明るんでいた。

三木本はリネン室を出ると、後ろ手にドアを閉めた。

非常階段を利用したら逆に目立つだろう。エレベーターで一階へ降りるしかない。

エレベーターホールに移動すると、ボタンに指を伸ばし、そこで躊躇した。

エレベーター内には監視カメラがある。一人で乗ったら注目されるのではないか。

三木本は思案すると、突っ立ったまま待った。十分ほど経ったころ、話し声が聞こえてきた。

右側の廊下から人影が見えた。

その瞬間を見計らって三木本はボタンを押した。家族連れと思《おぼ》しき四人がエレベーターホールにやって来た。

素知らぬ顔で腕時計を眺めながら、横目で様子を窺った。家族はランプが点灯しているスイッチ――『▽』を見やり、話に戻った。今の時間帯、上階に用はないだろう。安堵した。

エレベーターが到着すると、ベルの音が鳴り、扉が開いた。

三木本は『▽』を押したまま家族を振り返った。

「どうぞ」

「あ、どうもありがとうございます」

両親が揃って礼を言った。母親が息子と娘に「ほら、お礼を言いなさい」と促す。

小学生低学年くらいだろうか、子供たちが元気よく「ありがとうございます！」と声を上げた。

三木本は素直な感謝に戸惑った。親切を装いながら、その実、家族が間違いなくエレベーターに乗るか確信を持ってから動きたかっただけだ。

四人がエレベーターに乗り込んでから、三木本は乗った。上部の監視カメラから少しでも逃れるため、顔を伏せ気味にする。

扉が閉まると、父親が『ロビー』を押した。どうやら目的地は同じようだ。

監視カメラに背中を向け、扉を見据えた。エレベーターは三階で停止し、白人の男女が乗ってきた。何やら楽しそうに英語で会話している。

二階には停まらず、そのまま一階に停止した。監視カメラの中に取り残されたくなかったので、三木本は真っ先に降りた。

遠目に確認すると、エントランスホールには、複数の宿泊客とホテルマンがいた。

外見の特徴を覚えられていたら、ホテルマンに捕まる危険性がある。

三木本はごくっと喉を鳴らした。

注視すると、エントランスホール全体に目を配っている年配のホテルマンの姿があった。

迷っていると、見覚えのある顔が目に留まった。ベージュのロングコートを着ている。

たしか——。

——僕は十年前に同じ賞を受賞した三鷹コウです。

——時沢さんとは、デビューしたときに一度だけ、お話しさせていただきました。

——時沢さんからいただいた言葉を胸に、作品を書き続けています。

——七年ぶりの新刊、拝読しました。『悔恨』。

二階のエスカレーターの前で遭遇した作家だ。『時沢』という作家を騙ってその場は誤魔化した。

三鷹コウは、年配の男性と会話している。そちらにも見覚えがあった。

——今年の受賞者は不惑の受賞ですね。不惑——。迷わず、心を乱さず、思い悩まないこと、です。が、受賞者が歩む道は険しく、苦難に満ちています。おそらく、大いに迷い、心を乱し、思い悩むでしょう。それでいいんです。苦しみながら物語を生み出してください。

不惑——賞の四十周年という意味だろう。壇上に立った受賞者は、どう見ても二十代だった。

三鷹コウは年配の男性と別れ、エレベーターホールのほうへやって来た。緊張が一瞬で伝播《でんぱ》する。

顔を視認されたらまずい。

何とか顔を隠す方法は——。

三木本は周辺を見回した。

エレベーターホールの角にあるラックを見ると、その日の朝刊が何部も差されていた。

『ご自由にお取りください』

日本語の下には複数の言語が並んでいる。

三木本は長方形に折り畳まれた新聞を手に取り、壁に背中を預けた。顔の前に新聞を掲げ、読んでいるふりをする。

眼前に広がる記事は——。

今年六月に菅直人首相が消費税十パーセントを打ち出し、選挙に惨敗した総括が載っていた。

十パーセント——か。

貧乏人としては実現しなくてよかったと思う。

昨晩はフランス料理を食べ、消費税だけでも七千五百円も払った。今の五パーセントでもうんざりなのに、倍になったらたまらないな、と嘆息が漏れる。

新聞は契約していないから、世情に疎い。

他に目立った記事は——。

『尖閣《せんかく》沖で中国漁船衝突。映像がネット流出』

そういえば日中関係がどうの、とワイドショーがセンセーショナルに報じていたことを思い出した。

記事によると、尖閣諸島沖で海上保安庁巡視船に中国漁船が激突する映像が流出し、海上保安官が〝罪〟を告白したという。

小難しい話は理解できなかったものの、二〇一〇年最大のニュースになっていることだけは分かった。

T 高見光彦

目が覚めると、見慣れない天井が広がっていた。

高見光彦は霞《かす》む目をこすりながら、左右を見た。六畳の自室に置いたら部屋の大半を占めてしまいそうなセミダブルのベッドに寝ていた。

豪奢なカーテンが明るんでいる窓際には、ヴィクトリアン調の猫脚が特徴のソファが丸テーブルを挟んでいる。

部屋の環境を見回し、自分が『ヴィクトリアン・ホテル』に宿泊していたことを思い出した。出版社が予約してくれた部屋だ。昨日は緊張の授賞式と二次会があった。大先輩の作家からたくさんの至言を貰った。あれは自分のこれからの作家人生の宝物となるだろう。

一夜経っても夢ではなく、現実だった。

高見は掛け時計で時刻を確認すると、ベッドから身を起こした。窓際に行き、カーテンを引き開ける。そのとたん、レースのカーテンを透過する柔らかい朝日が射《さ》し込んできた。

思いきり伸びをした。気持ち良かった。

ソファに座り、昨晩のことを思い返した。興奮で気分が高揚してくる。受賞してから人生が一変した。

思い出に耽《ふけ》っているうちに時間が経っていた。

高見はさっさと身支度をした。朝食付きの宿泊プランだと聞いている。

部屋を出て一階へ降り、南通路の先にあるダイニング・カフェに移動した。入り口で朝食券を示すと、席へ案内された。八十種類の和洋中が楽しめるブッフェ形式だ。

高見は一時間かけて様々な料理を楽しんだ。

満腹感を抱えながら自室に戻った。部屋でゆっくりしていると、チェックアウトの時間が近づいてきた。

荷物を纏めて部屋を出る。

エントランスホールへ降り、フロントでチェックアウトの手続きを行う。

高見はエントランスラウンジのソファに腰を落ち着け、小説を読みながら暇を潰した。

約束の時間になると、担当編集者が現れた。高見は立ち上がって挨拶した。

「お待たせしました。ゆっくり寝られましたか」

「かなり高ぶっていたんですけど、ベッドに入ったら、心地よく酔いも回っていたせいか、あっという間に眠ってました」

「そうですか。良かったです。大変でしょうけど、今日は半日どうぞよろしくお願いします」

午後からの二件のインタビューのことだ。

高見は「はい」とうなずいた。

「時間まで少しありますし、座って待ちましょうか」

インタビューの場所はここ『ヴィクトリアン・ホテル』だ。雑誌社の人間が来てくれるという。

高見は担当編集者と向かい合って座り、出版業界の話を聞きながらライターを待った。

二十分ほど経ったとき、三人の男性がやって来た。一人は大型のバッグを持ち、三脚などの撮影機材を背負っている。

自己紹介を交わした。三人はライターとカメラマンとそのアシスタントだという。

「このたびはお忙しい中、取材を受けてくださってどうもありがとうございます」

ライターが丁寧に言った。

「とんでもないです」高見は答えた。「こちらこそ、ありがとうございます！」

「これから文芸の世界を背負っていく新受賞者から、受賞作の執筆秘話や、今後の意気込みなど、ぜひ伺えれば」

「よろしくお願いします」

「それでは――」ライターはラウンジを見回した。「向こう側に移動しましょうか」

五人で奥の席へ移った。壁際で緑と黒のダマスク柄のソファがテーブルを挟んで向き合っている。

「写真はインタビュー中にも撮影しますが、後でそれとは別に何枚か撮らせていただきます」

「はい」

高見は姿勢を正した。

ライターが気さくな笑みを返した。

「緊張されず、どうぞ自然体で」

「インタビューは何度か経験したんですけど、まだ全然慣れなくて……」

高見は苦笑いしながら体の力を抜いた。

担当編集者が横から言った。

「飲み物でも注文しましょうか。コーヒーで構いませんか?」

全員が「はい」とうなずくと、担当編集者は手を挙げ、ウエイターを呼んだ。コーヒーを注文する。

「『ヴィクトリアン・ホテル』の泊まり心地はいかがですか?」

ライターがさりげない口ぶりで訊いた。雑談で緊張をほぐしてくれようとしているのだろう。

高見はラウンジ内を眺め回した。

「素晴らしいホテルですよね。内装は豪華で、まるでヨーロッパの古城みたいです。月並みな表現ですが」

「内装もインテリアもたしかに古城ですよね。去年も鴨井さんの受賞インタビューで来ましたけど、いちライターじゃ一生縁がない高級ホテルです」

「僕もですよ。こんなホテル、出版社が取ってくれなかったら、絶対に泊まれません」

笑いながら言うと、場が和んだ。

やがてコーヒーが運ばれてきた。軽く口をつけてからインタビューがはじまった。

ライターがボイスレコーダーをテーブルに置いた。

「録音させていただきますね」

「はい」

受賞するまで、人生で雑誌のライターから取材を受けることがあるとは想像もしなかった。まだまだ緊張する。

ライターは軽く咳払いした。

「改めまして、第三十回の受賞、おめでとうございます」

「ありがとうございます」

「会社員生活を送りながらの投稿だったとのことですが、受賞されて、今までの生活と大きな変化はありましたか？」

「そうですねえ……。会社で働きながら、時間をやりくりして執筆する――という生活サイクルは今も変わらないんですが、あえて言うなら、〝読者の目〟を意識するようになったことが一番の変化でしょうか」

「〝読者の目〟――ですか」

「はい。今までは、受賞することを目標に執筆してきました。賞の傾向と対策を練って、選考委員の先生方の目を意識して、どういう作品を書けば、何百という応募作の中で抜きん出るか、考えていたんです」

「過酷な賞レースですもんね」

「でも、今は担当編集者と一緒に、どういう読者層に向けて、どういう物語を書くか、話し合いながら次回作を練っています。そういう意味では、作品への意識が一番変わりましたね」

「なるほど」ライターは手帳にペンで書きつけ、顔を上げた。「受賞後の記者会見の記事を読ませていただいたんですが、応募したときはまったく自信がなかったとか」

「そうなんです。同人誌で書いている文学仲間からは厳しい意見が多かったので、どうせ落選だろうな、って思ってました。でも、実際はこうして受賞できて、選考委員の先生方にも褒めていただけて、応募してよかったな、って」

「選考は比較的短時間で終わったそうですね」

最終候補五作のうち、三作が早々に脱落し、二作のうちのどちらを受賞させるか、という議論が選考の大部分を占めていた、と聞いている。

「はい。そうらしいです」

「決め手は、大きなテーマを扱った社会性と、その厳しい現実を真摯な眼差しで活写したことだとありましたね」

「デリケートな題材でしたから、正直、応募も悩みました。創作物《フィクション》で扱っていいのかどうか、不安もあったんです。でも、奥村先生が『社会を描いた物語が存在しなければ、ニュースや新聞に無関心な人々に社会を見せることはできない』とおっしゃったので、それが大きな自信になりました」

――物語は、人の心の中に存在している欺瞞や偏見をいともたやすく暴き出す。君の受賞作を読んで不快感を覚えた読者がいたとしたら、それは自分がひた隠しにしていて向き合いたくなかった欺瞞や偏見を突きつけられたからだよ。胸を張ればいい。

二次会の席ではそう励まされた。

「受賞作は震災を題材にしていますね。この題材を選ばれたのはどうしてだったんですか」

「震災の傷跡は今なお残っています。復興も不充分だと思います。そんな思いを抱えているとき、被災者の女性と出会って、話を聞いて、書きたい！　と強く思ったんです」

五年前に発生した阪神・淡路大震災の傷跡――。

高見は受賞作への想いを語った。ライターがうまく話を引き出してくれたから、気持ち良く喋ることができた。

「受賞作は多くの読者の心をえぐると思いますよ」ライターが話題を変えた。「ところで、三鷹コウさんはペンネームですよね？」

「はい。会社員なので本名を避けて応募していて、そのままデビューを――」

「お名前に何か由来があるんですか？」

高見は人差し指で頬を掻いた。

「『三鷹』は本名の『高見』を入れ替えて格好良くして、『コウ』は『光彦』の『光』を音読みして少しお洒落にしたんです。説明すると恥ずかしいですね」

「そうだったんですね」

「編集部からは改名を勧められましたが――」高見は苦笑した。「応募していたころからこの名前なので、思い入れもありまして。押し通しました」

ライターは破顔し、相槌を打った。

「それでは最後に――」

「はい」

「一九〇〇年代が終わって、新時代――二〇〇〇年という記念すべき年にデビューした作家として、ぜひ抱負をお聞かせください」

M

森沢祐一郎

八階ラウンジで、初対面の作家と二人きり――。

森沢祐一郎は窓に目をやり、遠くを見つめた。

寂寥《せきりょう》感が去来する。

一夜を共にした彼女は去ってしまった。思いがけず彼女の魅力に囚われてしまった。

「少しだけ――」森沢はふうと息を吐き、作家に向き直った。「想いを吐き出しても構いませんか？」

作家は人当たりのいい笑みを浮かべた。

「どうぞ」

森沢はうなずくと、ぽつりぽつりと語った。

「……僕は貧しい子供時代を送りました。家が貧乏で、ズボンなんかは、破れた部分を母が補修したものを穿いていました。そのせいで小学校時代はよくからかわれたりしたものです。中学時代は、弁当も味気なくて、作ってもらえないこともしばしば。そんなときは購買のパンを一つ買うお金を渡されました。牛乳も買えないので、コップに水道水を入れて飲んでいました」

「それじゃあ栄養も足りなかったんじゃないですか？」

「そうですね。午後の授業中に腹が鳴らないよう、我慢するのに必死でした」

「育ち盛りなのにつらいですね、それは」

「……見かねた同級生が弁当のおかずを分けてくれたりするんですが、その優しさは僕を惨めにしました」

善意を優しさだと感じることができるのは、自分に余裕があるときだけだ。大勢が美談や善意と解釈する話に対して、悪意を見たり、反感を覚えたりする場合、問題は相手側にあるのではなく、むしろ自分のほう――自分自身のゆとりのなさや鬱屈した不満が原因だと今なら分かる。

昔は優しさを優しさと認められなかった。善意すら悪意に解釈するような僻んだ人間と誰が仲良くしたがるだろう。自分の性格と性質ゆえに人が離れても、それを受け入れられず、相手に問題があるのだと逆恨みする悪循環――。

「部活も入りませんでした。野球部ならバットやグローブを、剣道部なら竹刀《しない》や防具を、卓球部ならラケットを――。そんなお金はなかったからです。校庭から部活の掛け声が聞こえてくる中、僕は近隣の家に新聞を配っていました」

墓の下に埋めてしまった過去が亡霊のように蘇ってくる。

「貧乏がコンプレックスだったんです。漫画も、読み終えた三、四冊を古本屋に売って一冊分の金にして、新刊を買ったり――。そんな生活は大嫌いでした」

「お金でできることは多いですから、貧しいと心が荒んでいきますよね」

「共感していただけますか」

「ボンボンなら小説なんか書いてませんよ」

作家は冗談めかして笑い声を上げた。

森沢は続けた。

「貧乏人の子は貧乏――。そんな負の連鎖を断ち切るには、勉強して、いい高校へ行って、いい大学へ行って、いい会社に入るしかないと思ったんです」

「それで実現を――?」

「努力は実りました。大学の学費は奨学金です。借金を返しながら、今の会社で働きました。新入社員の給料でも、バイトに比べたら全然違いました。僕は会社の中で結果を出し、少しずつ出世の階段を上っていったんです。そんなとき、世の中がこうなって、大金が転がり込んでくるようになり、高級料理店に入っても金額を見ずに料理を注文できるようになりました」

「人生、大逆転ですね」

森沢は握り締めた拳を凝視した。

「……僕は大金を所持して、貧乏だった子供時代に復讐《ふくしゅう》しているのかもしれません」

「復讐――ですか」

森沢は目を閉じた。

札束をばら撒くような豪気な人間が世の中にあふれていた。自分がその中の一人になるなど、想像もしなかった。

会社の村越先輩――彼が専務になる前だ――から『一人前の男なら家を買え』とアドバイスされ、決意した。だが、それまでの人生で不動産屋を訪ねたことがなく、勝手が分からなかった。とりあえず私服で訪れた。

応対した女性担当者は、服装で値踏みしたらしく、最初から素っ気ない態度だった。勧められる物件は一千万円台から二千万円台前半――。

正直、侮られているな、と思った。

ちょっと意地悪な気持ちになり、勧められる物件に続けてノーを突きつけ、相手がうんざりしはじめたころ、「七千万程度で考えているんだけど……」と伝えた。

その瞬間、女性担当者の目の色が変わった。面白いほどの態度の急変だった。突然愛想がよくなり、笑顔が増えた。歩合制なのだろう。七千万円の物件を売ったら彼女にいくら入るのか。

結局はそこの不動産屋でマンションは購入しなかったものの、痛快な体験だった。

欲しいもののためには金に糸目をつけない姿を見せる楽しさを知り、しばらくは散財した。その行為にも飽きてくると、村越先輩を見習って高級ブランドに身を包み、自分を磨いた。それから女遊びにのめり込んでいった。

貯金額が心の余裕に繋がった。

スポンサー企業の人間に取り入って成り上がりたいアイドルや女優の卵と一夜の関係を持つ日々――。

森沢は目を開けた。

「……お金で苦労した分、お金と立場に物を言わせて飽きるほど女遊びをしてきましたが、今夜、彼女と出会って、今までの自分がむなしく感じました。それほどの魅力があったんです。初めて女性を追いかけたいと思いました」

作家は試すように訊いた。

「彼女のことは諦めてしまうんですか？」

森沢は彼から視線を外した。自嘲の笑みがこぼれる。

「……僕は彼女に相応しくありません。所詮、住む世界が違いますから」

画面の外側と内側だ。今まではそんなことは考えたことがなかった。

「彼女の足は引っ張りたくありません」

正直な想いだった。彼女はこのまま芸能界でトップまで駆け上がっていくだろう。天性の女優なのだ。

ふう、と大きく息を吐き、作家に向き直った。

「話ができてすっきりしました」

「ただの聞き役でしたが」

「いえ、充分です」森沢はふと思い出して言った。「そういえば、まだお名前を聞いていませんでしたね」

「あ、失礼」作家は、テーブルに置いている単行本の向きを変えた。「僕は今年、この作品で作家としてプロデビューしました」

『死命のとき』というタイトルの下には、朝倉紫明と作者名が記載されている。帯には第二十回の有名文学賞受賞の文字。

「朝倉さん？」

「ペンネームです」

「なるほど。作家さんですからね」

「デビュー作が出版されたばかりで、まだ作家と言えるかどうか……」

「僕でも名前を知っている文学賞を受賞されているんですから、きっとこれから有名になられるでしょうね」

「そうだといいですが、少し精神的に参ってまして」

「なぜです？　大きな賞でデビューして前途洋々では？」

「……読者から怒りの手紙が届きまして。それで悩んでしまったんです」

「デビュー作でですか？」

「はい。『死命のとき』はある障害を負った刑事が人生を賭して連続殺人犯を追う物語なんですが、応募時には、障害を背負って絶望し、自殺を考える描写が何ヵ所かあったんです」

「リアルな心理描写だと思いますよ」

「でも、刊行にあたって、編集部と相談して、そういう絶望描写は削除したんです。同じ障害を持っている人たちを傷つけかねないでしょう？」

「言われてみればそうですね」

「その障害を背負ったら自殺を考えるほど絶望的だ——みたいなメッセージになって、前向きな気持ちを挫《くじ》いてしまうかもしれません。思いやりを大事にした物語だったので、僕としては配慮したつもりでした。でも、怒りの手紙では『障害を負った人間が自殺を考えるほどの絶望が描かれていない。障害に無理解な作家が障害をネタとして利用している』と書かれていまして、僕は何が正しいのか、分からなくなったんです」

ＣＭや番組を制作している自分たちの会社も他人事《ひとごと》ではない。今後は表現の些末な部分にもクレームが届く時代が来るかもしれないな、と思った。

朝倉紫明は「思いやりでも人を傷つけるんです」と苦しげにつぶやいた。

思いやり——か。

森沢はふと十年前の記憶が蘇った。あのときの思いやりが人を傷つけていないことを祈る。

あの夫婦は一体どうなっただろう。

「迷いながらでも書いていくしかないな、と思います」朝倉紫明が苦笑混じりに言った。「すみません、私事でしたね」

「いえ、お気になさらず。いつか映像化の話があったら、ぜひうちも噛ませてください」

「願ってもない話です」

「今の時代、何でも起きますからね」

「良くも悪くも凄い時代です。大学生くらいの若者が高級車を乗り回して、ボディコンの女性をナンパして、夜通しディスコで踊り狂う——。いつか、文字どおり泡のように弾《はじ》けそうですよ」

「……夢には終わりがくる、ということですか?」

「そうです」

森沢は微苦笑した。
二、三年前から一九九〇年現在まで続いているこの異様な好景気——。
「そう考えると、怖いですね、この泡沫《うたかた》のような時代は」

H
林志津子

エレベーターは動く気配がないものの、気持ちのせいか、密室の息苦しさだけは何となく和らいでいた。

林志津子は敏行の表情を窺っていた。夫は拳を握り、縋るような眼差しを森沢に向けている。

「私たちは——生きることができるって言うんですか。借金まみれの私たちでも」

「法に最大限、頼ればいいんです。今の不景気だっていつまでも続かないはずです」

敏行は思案げにうなった。

「自己破産は恥じゃありません」森沢がはっきり言った。「再生のための手段です」

「再生……」

「そうです。生きていれば可能性は常にあるんです」

「しかし――」敏行は弱々しい口調で言った。「破産してしまったら、金融機関に迷惑をかけてしまうのでは……」

「何言ってるんですか」森沢が呆れ顔で言った。「話を聞くかぎり、その金融機関はかなりグレーな会社だと思います。迷惑を考える必要がありますか？」

「それでも良心が……咎めます。友人が金策に走り回っても、銀行をはじめとする全ての金融機関で融資を断られてしまって、どうしようもないとき、手を差し伸べてくれた唯一の金融機関だったんです」

「恩義があると？」

敏行は小さくうなずいた。

「少なくとも、お金を借りたとき、友人はその金融会社に感謝していました。友人は、借金の額も金利も、全て納得のうえで借りているんです。金融会社の思惑がどうあれ、苦しんでいるときに助けてくれたことは間違いありません。だから、私たちは――」

夫婦で相談し、夢だった店も土地も売った。返済の努力をした。

妻としては理不尽だという怒りも頭をもたげたが、友人を信じて連帯保証人となったのだから、金融会社を恨んでも仕方がないと自分たちに言い聞かせた。

生真面目な性格の夫婦だ。借りたものは返すのが当たり前だと思っていた。もちろん今でもそういう気持ちは持っているが、二人揃って融通が利かず、丸一日話し合って心中を決めた。それは話し合いというよりは互いの意思確認だった。

もうどうしようもないから、心の中で神奈川の家族に——両親に詫《わ》びながら死のう、と決意した。

歯止めは利かなかった。夫婦で最後の夜を過ごし、少しずつ死への準備——心構えをしていった。後は部屋で睡眠薬を服用するだけだった。

だが、今、森沢の訴えるような言葉に心が動かされている。

「返済せずに命を断ったら同じじゃないですか。どうせ返済できないなら生きましょうよ」

生きてもいい——。

彼の言葉に縋りたかった。

だが、夫は納得しかねるように渋面のままだった。

森沢は敏行をじっと見つめていた。

「……林さん、厳しいことを言っていいですか？」

森沢が探るような口ぶりで言うと、夫は彼を見返し、困惑混じりに「はい……」とうなずいた。

ほんの少し間がある。

「死は——免罪符ではありませんよ」

「え？」

「話を聞いていると、借金を返せない後ろめたさがあって、死を免罪符にしようとしているような気がします」

敏行は顎の筋肉をぐっと盛り上げた。噛み締めた歯の隙間から息を吐く。

「死んでしまえば、赦されると考えていませんか？」

「そ、それは――」

「でも、借金苦で自殺なんて、貸した側に一生の苦しみを残しますよ。それだったら、自己破産して、『踏み倒しやがった！』と恨まれるほうがましではないですか」

敏行は反論もなく、うつむいていた。

「どう転んでも借金が返せないなら、自分たちが貸した金で自殺された、なんて苦しみまで与えることはありません。それとも、当てつけ、ですか？」

辛辣な言いざまだが、心中を思いとどまらせようとしてくれているのが分かる。

それは彼の優しさだ。

言葉の裏側に含まれている真意――。

「心中なんて――馬鹿げてますよ。法律を使えば、生きる手段はあります」

森沢は懐からメモ帳を取り出すと、胸ポケットの高級そうな万年筆で何やら書きつけ、千切って差し出した。

「知り合いの弁護士の連絡先です。僕の紹介だと言ってください。親身になってくれるはずです」

――野心を失ったら男は終わりだ。そこまでだよ。

――はい。

——野心を忘れない人間に人は惹かれるんだよ。いいか、常に飢えたままでいろ。貪欲になれ。

——はい。

——女遊びくらいしなけりゃ、半人前のままだぞ。

——心得ておきます。

若い森沢が上司らしき男性にアドバイスされていた光景が蘇ってくる。

住む世界が違う人間だと思っていた。こんなふうに赤の他人の自分たちを親切に助けようとしてくれるとは思わなかった。

敏行はメモ用紙を受け取ると、ためつすがめつしながら、無念を滲ませて言った。

「弁当屋をはじめた三年前は、まさか第二次が起きるとは想像もしませんでした」

石油輸出国機構《OPEC》が原油価格を大幅に値上げしていき、二年前に起きた『イラン革命』の影響もあって、第二次オイルショックが起きた。

「……それでも、社会が比較的冷静なのが救いでしょうか」

第一次オイルショックが起きた一九七三年は、日本社会が混乱し、大量のトイレットペーパーの買い占めが大きな問題となった。今回——一九八〇年現在は過去の反省を踏まえ、大勢が冷静に振る舞ったものの、それでもトイレットペーパーの買い占めは少なからず起きた。

「オイルショックの影響で経営難に陥った友人を救おうとして、こんなざまです」

森沢は同情心を込めてうなずいた。

「大変でしょうが、お二人はまだ三十代でしょう？　若いんですからやり直しはききます」

𝒮 佐倉優美

『ヴィクトリアン・ホテル』最後の日——。

シャンデリアが煌々と照らす本館の大広間には、宿泊客とホテルの従業員が集まっていた。ほとんどの参加者はマスクをし、適切な距離を保っている。

アカンサス模様の柱頭を冠した縦溝の付け柱《ピラスター》が壁を飾っていた。貝殻《ロカイユ》と花を模した壁面装飾が施されている。エントランスラウンジと同じく、ヨーロッパの古城をイメージしたクラシカルなデザインだ。

壁際に並ぶ猫脚のチッペンデール・チェアが豪華な内装に調和している。背もたれはマホガニーが繊細に彫り込まれ、座面は赤モケットだ。

佐倉優美は一般宿泊客として、大勢の人々と共に立っていた。周りには客たちの喧騒があふれている。

今日は歴史に幕を下ろす『ヴィクトリアン・ホテル』のセレモニーが催される。

見回すと、着物姿の女性が母親らしき中年女性に写真を撮ってもらっていた。彼女にも思い出があるのだろうか。最後の一日を記録として残したい気持ちは理解できる。

子供のころ、母親に連れられてきた記憶が蘇る。

初めて来たのは小学校の低学年のころだっただろうか。まるで絵本の中で描かれるおとぎ話の世界に入り込んだようで、興奮し、はしゃぎ回った記憶がある。

母にたしなめられてエントランスホールでしょんぼりしていると、制服姿のホテルマンが優しく話しかけてくれた。ハンカチの中で飴玉《あめだま》が消えるマジックを見せてくれた。その飴玉は優美のポケットの中から出てきた。

魔法のようだった。ますますおとぎ話めいていた。

ホテルマンは魔法使いの従者で、今にもドレスを着たお姫様が大階段を下りてきそうだった。

こうして最後のセレモニーの場に立っていると、そんな『ヴィクトリアン・ホテル』の思い出が次から次へとあふれ出してきた。

『ヴィクトリアン・ホテル』はいつでも非日常を味わわせてくれた特別なホテルだ。

子供のころから何一つ変わらない内装も、アンティークの調度品も、全部今日で見納めだと思うと、まるで思い出を綴《つづ》った日記を失うような喪失感と物悲しさを覚えた。

もっと泊まりに来ておけばよかったな、と思う反面、特別な日にしか訪れないからこそ、その一泊一泊が大事な思い出として残っているのかもしれないと思う。

ふいに近づいてくる靴音が耳に入り、優美は顔を向けた。森沢だった。白髪もなく、髪は黒々としている。六十代には見えず、落ち着いた雰囲気のスーツが似合っている。

「佐倉さんも参加していたんだね」

彼は爽やかなほほ笑みを浮かべていた。琥珀色の液体が満ちたシャンパングラスを二個持っている。

「そうなんです」優美は笑みを返した。「『ヴィクトリアン・ホテル』が歴史に幕を下ろす日ですから、最後まで見届けたいと思いまして……」

セレモニーへの参加は、宿泊客と招待客、メディア関係者などに限定されている。

「改築のためとはいえ、やっぱり閉館は寂しいね」

「自分の成長を見守ってくれていたもう一人の母を失ったような気分になります」

「セレモニーを見てると、終わりというより、はじまりのための儀式みたいで、悲観的な雰囲気は全くないけどね」森沢はシャンパングラスを差し出した。「良ければ」

お酒の勧め方も嫌味がなく、スマートだ。今でもさぞモテるのではないか。

優美は少し迷ったものの、「ありがとうございます」とシャンパングラスを受け取った。

「再会に乾杯しようか」

森沢がシャンパングラスを軽く掲げたので、優美も倣った。

「乾杯」

マスクをずらしてシャンパンに口をつける。辛めの液体が喉を滑り落ちていく。

優美は森沢に言った。

「昨晩は話を聞いてくださって、ありがとうございました。おかげさまで勇気づけられました」

「いやいや、僕のほうも話ができて良かったよ。少しでも励ましになったなら何よりだ」

社交辞令ではない、心からの言葉に感じた。彼は温かい眼差しをしている。

マイク音声が大広間に響き、優美は壇上に向き直った。車椅子の老紳士が介助の男性と共に登場した。まるで雪を戴いたような白髪頭で、あらわになった地肌が照明で光っている。銀縁眼鏡の奥の瞳は、穏やかさを湛《たた》えていた。

介助の男性がマイクを手渡すと、老紳士はしわがれた咳払いをしてから大広間を見渡した。

「『ヴィクトリアン・ホテル』の元総支配人、岡野慎三《しんぞう》でございます。コロナ禍にもかかわらず、こうしてセレモニーにお集まりいただき、誠にありがとうございます。皆様方には、平素よりひとかたならぬご愛顧を賜り、心からお礼を申し上げます」

客たちのあいだで拍手が沸き起こった。

優美はシャンパングラスを持っていたので、近くの丸テーブルに置き、少し遅れて拍手した。

「……思えば、私の人生は『ヴィクトリアン・ホテル』と共にありました。高校を卒業し、十代のうちからベルマンとして働きはじめたのでございます。何千、何万、何十万というお客様をお出迎えしてきました」

老紳士――元総支配人は客たちを見回した。

「皆様方の中にはベルマンだった私と言葉を交わされたお客様もいらっしゃるかもしれません。『ヴィクトリアン・ホテル』と共に、私も大勢のお客様をおもてなししてまいりました」

年配の客の何人かがしみじみとうなずいた。常連なら彼のことはよく知っているのだろう。

「私は四十年前から五年間、ベルマンを務めておりました。その後は客室係やフロントなど、様々な現場も経験いたしました。三十年前にベルマンに戻り、三年間、お客様をおもてなししてまいりました。支配人を経て総支配人へ。各現場を知り、おもてなしの精神を培ったことが、ホテル全体を統括する総支配人としての糧になりました。私も七十を超えて足腰が立たなくなり、総支配人の座を退きましたが、お客様との思い出はいつまでも心に刻まれております」

元総支配人は『ヴィクトリアン・ホテル』の佇まいのように、落ち着き払った口調で回顧した。彼の語りに引き込まれていく。

先ほどまでの喧騒とは打って変わり、客たちの誰もが口をつぐんで拝聴している。

元総支配人の挨拶が終わると、別の男性が壇上に立った。モスグリーンの制服を着こなしたホテルマンの岡野だ。スタンド式マイクの位置を調整する。

「ベルマンをしております、岡野でございます。先ほどご挨拶させていただいた元総支配人の岡野慎三は私の父です。私は『ヴィクトリアン・ホテル』で働く父の背中を見て育ちました。ホテルマンとして働くのは必然でした。一期一会のつもりで、お客様をおもてなししてまいりました。私は二十代後半から、五十になる今年まで二十年以上、ベルマン一筋でございます。父子、二代にわたり、五十年、『ヴィクトリアン・ホテル』の現場で働いてきたことになります」

客たちが「ほう」と感嘆の声を上げた。数人が、うんうん、と訳知り顔でうなずいている。

彼の新人時代を知っている者も多いのだろう。ホテルマンが客を見てきたように、客もまたホテルマンを見てきたのだ。それだけホテルの歴史が長いということだ。

岡野は壇上から客たちを見渡した。

「十年、二十年も前からご愛顧いただいているお客様の顔もあり、こうして『ヴィクトリアン・ホテル』最後の夜にお集まりいただけ、感慨深く、胸が熱くなります」

岡野の挨拶が続いた。

森沢がシャンパンを一口飲んでから、優美に尋ねた。

「佐倉さんはここをよく利用していたの？」

「……数えるほどしか泊まったことがありません。ただ——子供のころに母が何度か連れてきてくれて、それで印象深いホテルになっています」

「お母さんが？」

「はい。思い出のホテルらしくて、この時期になると、よく泊まりに来ていたんです」

「思い出のホテル——か」

森沢は何か感情を押さえ込むような声色だが、マスクをしているせいか胸の内は読み取れない。

「〝ここが運命の分かれ道だった〟って。母はそんなことを言っていました」

「運命の分かれ道……。それは良い道だったのかな？」

優美は記憶をたどった。当時の母の台詞が蘇ってくる。

「私も母に訊いてみたことがあるんです。そうしたら、〝大切な思い出は自分一人の胸に秘めておくものよ〟って」

「そうか……」

森沢は優美から視線を外し、追想するような、遠くを見る目をした。

細めた目は何を見ているのか――。

「君のお母さん――『佐倉ゆり』は素晴らしい大女優だった。演技も人柄も、魅力的だった」

森沢は過去を懐かしむような口調で言った。その口ぶりは、画面の中の母を語っているようには思えなかった。

だから優美は訊いた。

「母をご存じだったんですか？」

森沢はしばらく宙を見据えた後、優美を見た。真摯な眼差しと視線が交錯する。

「……一度だけ、君のお母さんと、ここ、『ヴィクトリアン・ホテル』で会ったことがある。三十年前――まだバブルが弾ける前だよ。日本じゅうで札束が舞い、煙草の煙がそこらじゅうに充満していた時代だ」

森沢は悔恨の表情をしていた。深海の底から海面を見上げているような深い苦悩が滲み出ている。

「日本じゅうが異常な好景気に舞い上がっていてね。誰もが高熱に浮かされたようになっていた。金がある意味、価値を持たなかった時代だ。まるで百円硬貨のように気軽に万札をばら撒いた。徒歩数分の距離でタクシーを停め、万札を放る。ゴルフの会員権を買って、投資もして、遊び回る。ボーナスは給料袋が長方形に膨れ上がるほどだった。大学生も高級ホテルのスイートでパーティー三昧。女性は毎夜毎夜ディスコで踊り狂う――」

バブルの時代は経験していない。ちょうどバブルが弾けた直後に生まれたので、親の世代から話に聞いた程度だ。今の時代からは想像もつかない。絵空事のようだ。

「僕も例外じゃなく、バブルを享受していた。僕の会社がスポンサーをしている番組に出演したくて、色目を使ってくる女優やアイドルの卵たちと次々に一夜の関係を持った。『ヴィクトリアン・ホテル』のバーで、酒の味も分からないくせに、店で一番高い酒を注文して、飲んだ。いかに大金をばら撒くかがステータスだった。誰もが金の遣い方を競っていたんだよ」

赤裸々な告白がしこりとなる。普段なら、そんな男性もまあいるだろう、と聞き流すのに、なぜかそうできなかった。

話の行きつく先が分からず、優美はとりあえず曖昧にうなずいた。森沢はまぶたを伏せ、数秒、間を置いた。

「……そんな中、偶然出会ったのが君のお母さんだった。ここのレストランの前だ。一目で彼女の魅力に囚われて、惹かれた。どうしても彼女とお近づきになりたくて、強引に迫って、食事することになった。お忍びで『ヴィクトリアン・ホテル』に泊まりに来ていた大女優と、一般の会社員——。そう、まるで『ローマの休日』のようだった」

『ローマの休日』——か。

昨晩、森沢が映画を懐かしそうに喋った。あれは三十年前の母との思い出があったからか。

「僕らは食事を共にし、そして——」

森沢は言葉を濁した。

母と関係を持った——そういうことか。

なぜ『佐倉ゆり』の娘にそんな話をするのか。大女優と寝たことを自慢しているのだろうか、といぶかったが、森沢の眼差しにも口調にも誇らしげな感情は全くなく、むしろ、苦しみがあふれ出そうになっているように思えた。

デビューしてからずっと『佐倉ゆり』には浮いた話がなかった、と聞いている。母にそんな奔放な一面があったとは思わなかった。プライベートで泊まったホテルで出会った男と一夜の関係を持つような一面が――。

内心を読んだのか、森沢が語った。

「『佐倉ゆり』は芸能界に窮屈さを感じていたんだよ。大女優も人の子で、三十前後の普通の女性だった。彼女は当時の、保守的で、閉鎖的な芸能界の枠の中におさまる女性じゃなかったんだよ」

森沢は食事の席でそのような悩みを聞いたという。

「日本を飛び出してハリウッドを目指す話もあったそうだけど、タイミング悪く、ブッシュ大統領が湾岸戦争に米軍を派遣してね。アメリカがゴタゴタして、流れたらしい」

「そうだったんですか……」

「〝私は海面に出て息をしたかった〟」森沢は静かな声で言った。「彼女と話した中で一番印象に残っている台詞だよ」

――私は海面に出て息をしたかった。

胸がぐっと詰まった。喉が締めつけられ、それこそ息苦しさを覚えるほどだった。

母は娘の前で弱音を吐いたことがない。

「まさに彼女はアン王女と同じだったんだよ。世間から見れば、行きずりの男と衝動的に関係を持つなんて非常識だ、ありえない、と言われるかもしれない。でも、彼女の苦しさを知っていたのは彼女だけだ」

赤の他人の倫理で裁く権利はない——ということだ。だが、娘としては母と一夜の関係を持っただけの相手からそんな話を聞かされ、簡単には割り切れない。

「僕は大女優『佐倉ゆり』の心の深奥に触れたことで、彼女を芸能人としてではなく、一人の女性として見るようになった」

亡き母への愛に、娘としてどう答えていいか分かりかねた。ただ、黙って聞いているしかなかった。

「深夜に目覚めたとき、彼女は消えていた。一夜の夢のようだったよ。僕は彼女を捜して部屋を出た。だけど、彼女の部屋も分からず、結局は諦めた。当時はポケベルの時代だから、連絡先を交換して気軽に電話する、なんてこともできなくてね。会社の部下を呼び出すにも部屋の固定電話を使っていたよ。彼女自身が一夜の関係を望んでいるなら追うわけにはいかない、と考えたんだ」

「後悔——しているんですか?」

森沢は、ふっと表情を緩めた。

「バブルの夢に浮かされて女遊びを繰り返した僕が、人生で唯一、本気で恋した相手だった」

彼の瞳には強い感情が渦巻いていた。

「……彼女との出会いで僕の価値観は変わった。女遊びもしなくなった。思えば、あれは失恋だった」

話を聞いていると、女たらしの彼の〝更生〟に母が利用されたような気がして、胸が少しもやもやする。

森沢はまた遠い眼差しを見せた。

「僕は、仕事に復帰した彼女をテレビで観るだけだった。それからしばらくしてバブルが弾けた。あの異常な好景気と同じく、彼女との出会いも泡沫《うたかた》の夢だったかのようだ」

優美は続きを促すようにうなずいた。

「『ヴィクトリアン・ホテル』で彼女と出会った夜から、三ヵ月ほど経ったころ、彼女は突然、テレビの中から姿を消した。様々な憶測が乱れ飛んだが、それからさらに数ヶ月が経って、彼女は復活した。そのときには――娘が生まれていた」

優美は目を瞠り、森沢の顔をじっと凝視した。

「まさか――」

それ以上、言葉が続かなかった。

森沢が何を匂わせているのか、分かってしまった。だが、信じられない思いが強い。

優美は静かに息を吐いた。吐息には緊張が絡みついていた。唾を飲み込む。

未婚で娘を産んだ母からは、父の話をほとんど聞いたことがない。生まれたときから父親はいなかった。

「君が驚くのも無理はないよ。彼女の活動休止が出産のためとは思わず、僕も動揺した。まさか、と思った」

目の前の森沢が自分の――。

優美は彼の顔から視線を引き剝がせなかった。衝撃の余韻が体を抜け切らない。

「大女優『佐倉ゆり』が未婚で出産――。それは世間に衝撃を与えた。業界にも激震が走った。まさに狂乱だったよ。彼女が娘の父親について何も話さなかったから、メディアは様々な憶測を書き立てた。父親を突き止めようとした。相手は有名俳優のNではないか。ベテラン俳優Sとの不倫ではないか。未成年の少年アイドルGではないか――」

森沢は自嘲気味の微笑をこぼした。

優美は黙って話を聞いているしかなかった。

「僕が父親だとしたら――彼女はなぜ黙ったまま産んでしまったのか。なぜ何も言ってくれないのか。僕のほうから彼女に連絡しようと考えたこともあった。だが、僕の思い違いだったら？　彼女には本命がいて、僕との関係は一夜の情事だったとしたら？　僕は毎日思い悩んだよ」

彼女自身、確信がないのか。

森沢が父親なのか、それとも――。

「結局、彼女の心に触れたつもりで、本当の意味では触れていなかったのかもしれない。本心も真実も分からないまま彼女は世を去ってしまった。僕には後悔だけが残った」

「母は――最後まで何も言わなかったんですか？」

「……ああ」

「だったら、真実は――」

森沢は大広間を見回し、吐息を漏らした。懊悩《おうのう》の眼差しが壇上に据えられている。

「彼女が『ヴィクトリアン・ホテル』を思い出の場所だと言っていたと君から聞いて、確信したんだ。だから、こうして、君に告白してる。今さら、とそしりを受けるかもしれないが、それでも、告白せずにはいられなかった。『ヴィクトリアン・ホテル』が閉館する最後の一夜に君と会ったことが運命だと思った」

母の思い出の『ヴィクトリアン・ホテル』――。それは森沢と出会ったからなのか。

「君のお母さんは、父親について本当に何も触れなかったのか？」

優美は記憶を探った。

幼いころ、父親について訊いたことが何度かあった。なぜ私にはお父さんがいないの、と。

母は何と答えただろう。

たしか――。

――現実はアン王女とジョーのようにスマートじゃないの。

母はそう答えた。当時は幼く、意味が理解できなかった。だが、今なら分かる気がする。

母と森沢の出会いを二人が『ローマの休日』に重ねていたとしたら――。

昨晩、森沢と話しているときに感じた親近感の正体。それは実の父に対する、根源的な感情だったのかもしれない。彼が親身になって相談に乗ってくれた理由にも納得した。

「すまない……」森沢が後悔を滲ませた顔で頭を下げた。「三十年も……。うちがスポンサーになっている番組が君を避けたのは、僕の指示だった。接点を持ってしまうと、僕との関係に気づかれるかもしれないと危惧したんだ」

それでレギュラー出演が急に立ち消えになった理由が分かった。

優美は歯を噛み締めた。言葉を発するまでに、息苦しいまでの間が必要だった。

「突然そんな話をされても――」

それが正直な感情だった。頭の中が混乱している。現実を理解しても受け止めきれない。

森沢は視線を足元に落とした。

「そう――だね。無責任だと言われても仕方がない。ただ、言いわけをさせてもらえるなら、僕は彼女に相応しくないと思ったんだよ。彼女が娘の父親の話を伏せていたのがその証拠だと思った。彼女が伏せているのに、名乗り出たら迷惑がかかってしまう」

子供のころは父親を恋しがったこともある。だが、いつしか父親がいないことは当たり前になった。

「今になって――」

森沢は顔を上げた。苦渋が滲む眼差しだった。

「……勇気が出なかった僕を許してくれ」

優美は下唇を噛み締め、彼の目を見据えた。言葉が出てこず、かぶりを振る。

大広間の喧騒が遠のき、世界じゅうに自分たちしか存在しないような錯覚に囚われた。

優美は沈黙に耐え兼ね、踵を返した。

「あっ――」

背後から縋るような森沢の声がした。それを振り切り、大広間の出入り口へ駆けた。

セレモニーの参加客の群れを抜け、廊下に出た。人影がない場所で壁に背中を預けて胸を上下させ、乱れた息を整える。

天井を仰ぎ、深呼吸した。

森沢がお父さん――。

突然聞かされた話に動揺がおさまらない。自分の感情を持て余し、頭の中がぐちゃぐちゃになる。

真実を知っている母はもうこの世にいない。だが、思い当たる話を寄せ集めてみると、それは間違いのない事実のように思えた。

森沢が父親だとして、今さらどうしたらいいのだろう。三十年間存在しなかった実父が現れました――とマスコミに発表するのか？　芸能記者と世間に面白おかしく消費されるだけではないか。

「――佐倉さん？」

男性の声が聞こえ、顔を上げた。立っていたのは作家の三鷹コウだった。黒のテーラードジャケットを着て、正装している。

「どうしました？　大丈夫ですか？　慌てて駆け出て行く姿が見えたものだから、気になりまして」

優美は作り笑顔を返した。深呼吸で気持ちを落ち着ける。

「……三鷹先生もセレモニーに参加されていたんですね」

はぐらかされたことに気づいたはずだが、三鷹コウは気を悪くしたふうもなく、答えた。

「受賞してから二十年。毎年、授賞式のたびに来ていたホテルですから、百年の歴史に幕——と聞いたら、泊まるだけじゃなく、最後まで参加しないわけにはいかないでしょう？」

「今年は授賞式は……？」

「さすがにこのご時世では催せませんよ。他の文学賞の授賞式も軒並み延期か中止です」

「二〇二〇年に受賞した方は災難ですね。寂しいと思います」

「そうですね。でも、そこでコロナの感染が広がったら一大事ですから。英断だと思います」

「大勢が自由を奪われた年になりましたね」

彼は小さくうなずいた後、ふっと息を抜いた。

「……少し座りませんか？」

彼が示したのは、壁際に並ぶ四脚のチッペンデール・チェアだった。ダマスク模様の壁紙が貼られた壁には、デコラティブな額縁に収められた絵画が飾られている。

優美は「はい」とうなずき、彼と隣り合って座った。優美は床を、三鷹コウは前方を見つめていて、視線は絡まない。

「……先ほど男性と深刻そうに話をされている姿をお見かけしました」

優美は床を睨んだまま、答えなかった。

「何か困り事があったように感じました。余計なお節介かも、と思ったんですが、つい声を」

優美は細長く息を吐いた。少し緊張が抜ける。

一人で抱え込むには重すぎた。マネージャーにも相談できない。スキャンダルを警戒してあたふたするだろう。

それならば、いっそのこと――。

優美は思い切って切り出した。

「仮定の話なんですけど……」

「はい」

「自分の人生に急に父親が現れたら――先生ならどうされますか。生まれてからずっと存在しなかった父親です」

三鷹コウは苦笑を漏らした。

「難しい話ですね。僕には両親がずっといて、今も千葉の実家で元気にしていますから」

「……ですよね。すみません、変な話をしちゃって」

「いえ」三鷹コウの声音が優しくなった。「でも、想像はできます。その父親はどんな人なんですか?」

どんな人――。

昨晩出会ったばかりで、人柄も何も分かっていない。分かっているのは――。

「芸能界に影響力がある会社で地位があって、若いころはお金をばら撒くようにして女遊びをしていた――というくらいです。言い寄ってくる女優やアイドルの卵と次々関係を持っていたそうです」

「他には？」

「……他には何も。三十年前にここで母と関係を持った、ということだけです」

「なるほど……」三鷹コウは思案するように間を置いた。「実はその部分が気になっていたりします？」

「どの部分ですか？」

「お金をばら撒くようにして女遊びをしていた、の部分です。長く話されていたようなので、もう少し人柄が出てきてもよさそうなのに、地位とネガティブな部分だけでした。なので、その部分が引っかかっているのかな、と」

「そんなことは――」

優美は自分の心の奥を探った。

内心では森沢を信じられないのかもしれない。女優やアイドルの卵と遊びを繰り返していたという過去を聞き、母ともそうだったのではないか、という疑念を捨てきれずにいる。だからこそ、母は未婚で――たった一人で子を産むしかなかったのではないか。

優美は床を睨んだまま、正直な想いを吐き出した。三鷹コウは黙って聞き役に徹してくれた。

優美は顔を上げると、彼の横顔を見つめた。

「どう――思いますか」

「そうですね……」三鷹コウは慎重な口ぶりで言った。「結局のところ、お父さんの若いころの行動や価値観をどこまで許せないか、責めるか、ということではないでしょうか。僕も、年齢的にバブルの時代は子供のころに経験しています。正直、平凡な会社員の両親は給料も変わらなかったですし、僕自身、その恩恵を受けた記憶はないんですが、世界がぶっ飛んでいたのは知っています」

優美は理解を示すためにうなずいた。

「その時代にはその時代の価値観があります。今の時代の価値観で責めてしまうのは、フェアではないと思います」

「フェア――」

「はい。たとえば、昭和の時代は喫煙が日常茶飯事でした。飲食店でも煙が充満していて、路上のポイ捨ても当たり前のようにありました。でも、今では禁煙・分煙が常識で、煙草を吸える場所のほうが珍しいくらいです。ポイ捨てなんて論外です。だからといって、二十年、三十年前に煙草をポイ捨てしたエピソードでその人の人間性を判断するのは――どうでしょう？　当時はそれが普通だったんです」

分かりやすいたとえ話だった。

「まあ、ポイ捨てを〝普通〟と表現したら、当時もポイ捨てはマナー違反だった、とツッコまれそうですが、あくまでたとえ話ですから、ご容赦を」

三鷹コウは爽やかな笑い声を上げた。

「その人が新しい価値観を受け入れて、自分を〝アップデート〟していたら、過去を責めるのは酷だということですか？　でも、本質が変わっているかどうか、他人には分からないです。今の世間で認められない価値観だから、批判されないために道徳的な人間のふりをしているだけかも――」

「お父さんの価値観が気になるんですね。そもそも、〝アップデート〟というのは、必ずしも必要なんでしょうか？」

「え？」

「若い世代であれば、必要かもしれませんが、たとえば、ある程度の年齢以上の人々にそれを要求するのは、残酷かもしれません。時代と共に変わった価値観で、ある日突然責められるのは結構つらいもので、僕はその是非をよく考えます」

「是非――ですか？」

「たとえば、戦中や戦後の世代だと、夫婦共に保守的な価値観で、現代の価値観とは全く違います。異なる価値観を批判することに慣れてしまうと、そういう夫婦の姿を見るだけで苛々してしまったりします。でも、そういう夫婦の価値観を責めて、無理やり矯正することが幸せなんでしょうか？」

林夫妻のことが頭に思い浮かんだ。二人は仲睦まじく、理想的な夫婦関係に見えた。

「今まで互いにその価値観で平和でうまくいっていたところへ、現代の価値観を振りかざして責め立てた結果、仲が良かった夫婦がぎくしゃくして、楽しく笑顔で暮らせなくなったら――」

「不幸ですね」

優美は言葉を引き取った。

「生まれた時代も、生い立ちも、人間関係も違ったら、当然、価値観も変わってきます。積み重ねてきた人生は色々です。犯罪行為や迷惑行為をしているのでなければ、それぞれの価値観を尊重して、理解を示すことが多様性と共存――そして寛容ではないでしょうか」

優美は彼の言葉を受け止めるため、間を置いた。ほんの一時、静寂が訪れる。

「……勝手なことを言ってしまいますが、佐倉さんは自分の人生に突然現れたお父さんを否定したくて、受け入れない理由を探してしまっているんじゃないか、と思うんです」

優美ははっとした。

彼の推測はあながち的外れとは思えなかった。森沢のことは、会ったばかりで表面しか知らない。昨晩は好印象を抱いたにもかかわらず、先ほどの告白の後、彼の言動を全て否定したがっている自分がいた。

三鷹コウが諭すように言った。

「デビューした当時、僕が大先輩から言われたことがあるんです。〝善意でとらえるか悪意でとらえるかで人の印象は変わる〟って。〝人間の見方は、本人が気づいていないだけで、自分の偏見をさらけ出しているのと同じだ〟って。最終的にどんな選択をするにしろ、一度、向き合ってみるのも大事かもしれませんよ」

優美は視線を外し、下唇を嚙み締めた。黙って立ち上がり、壁の絵画を見据える。

しばしの沈黙を経てから、チッペンデール・チェアに座ったままの三鷹コウに向き直った。

「……相談に乗ってくださってありがとうございました」

「僕の言葉なんて先輩たちの受け売りですが」

優美は頭を下げ、背を向けた。一呼吸置く。

「でも――すぐには割り切れそうもないです」

正直な気持ちを残し、大広間のほうへ向かった。入り口の前に立ち、深呼吸した。

戻るかどうか迷っていると――。

「あの……」

背後から声を掛けられ、優美は振り返った。

見知らぬ男性が立っていた。客の中では、比較的ラフな恰好だ。黒色のジャンパーを着ている。

「女優の佐倉優美さん――ですよね？」

「……はい」

優美は答えながらも、軽く小首を傾げた。

マスクで顔の半分が隠れている。マスクのデメリットは相手の顔が分かりにくいことだ。子供がクラスメートの顔をまだ知らない、という悲しいニュースも目にした。

記者だろうか。『ヴィクトリアン・ホテル』のセレモニーの取材に来ていて、たまたま休業中の女優を発見し、何かしらコメントを取ろうと思ったのかもしれない。

「ええと……」

優美は濁した反応で様子を窺った。

「あ、すみません」男性は恐縮したように言った。「『ヴィクトリアン・ホテル』が閉館すると知って、ふらっと足を踏み入れたんです。そうしたら佐倉さんの姿を見かけて、思わず声を——」

「は、はあ……」

記者ではなく、いちファンだろうか。記者なら、所属を名乗る前に〝自分語り〟はしないだろう。

優美は焦れて「どちら様ですか？」と尋ねた。

男性は曖昧な苦笑を浮かべた。

「……十年前、『ヴィクトリアン・ホテル』であなたと会ったことがあります」

十年前——。

優美は記憶を掘り起こした。

毎年、何回も宿泊しているなら、思い出すのも難しいだろう。しかし、『ヴィクトリアン・ホテル』に宿泊するのは二、三年に一度の頻度だから、出会いはよく覚えている。

男は「あっ」と何かに気づいたような声を漏らした。

「マスクをしてたら顔も分かりませんよね。十年前は俺もマスクをしてませんでしたし」彼はマスクを外した。鋭角的な相貌が現れる。「あのときはＷＨＯがもう新型インフルの世界的大流行《パンデミック》終了を宣言していましたし、マスク率はかなり低くなっていました。コロナも早く終息してほしいですね」

見覚えのある顔だ。

黙ったままでいると、男が緊張を抜くように息を吐いた。

「佐倉さんの財布を盗んだ人間――と言えば、思い出してくれますか？」

思わず声が出た。

優美は男性の顔を二度見した。当時の記憶が一瞬で蘇ってくる。

二十歳になったばかりのころだ。初のゴールデンタイムのドラマ出演が決まったお祝いに、初めて一人で『ヴィクトリアン・ホテル』に宿泊した。

部屋でルームサービスを頼もうとして、バッグの中から愛用の財布が消えていることに気づいた。

心当たりはあった。エントランスラウンジでソファに座って読書をしていたとき、人の気配を感じて顔を向けた。そばに立っていた男と目が合った。その男はどこか慌てたように視線を逸らし、歩き去った。

一流ホテルで盗難に遭うとは思わず、動揺したものの、エントランスのホテルマンに届け出た。親身になって話を聞いてくれたのは、先ほど壇上で挨拶していた岡野という男性だった。

二時間ほど経ったころ、岡野から連絡があった。一階にある事務室で話を聞いた。

レストランで食事していた男が赤茶色の財布を所持していたので、従業員が声をかけたところ、逃走したという。逃がしてしまったらしく、岡野は平身低頭だった。こちらが恐縮するほどだった。

結局、逃走した男は発見できず、警察に通報することを勧められた。ホテルとしては、防犯カメラの映像を提供する用意があるという。

優美は迷ったすえ、保留にした。カードを停止してしまえば、後は現金数万円の問題だ。女優・佐倉優美が『ヴィクトリアン・ホテル』で窃盗被害——。

週刊誌やスポーツ紙の見出しが想像できるようだった。ドラマ出演が決まった直後にネガティブなニュースで注目されたくなかった。共演者にも余計な迷惑をかけてしまうかもしれない。ドラマは絶対に成功させたかった。

大事になることを嫌い、とりあえず被害届は待つことにした。翌日になってからマネージャーに相談するつもりだった。

窃盗犯と遭遇したのは——気晴らしに部屋を出て、廊下を歩いているときだ。突然リネン室のドアが開き、中から顔を覗かせた男と目が合った。

一瞬の出来事だった。相手の顔もよく分からないうちに、手が伸びてきて、真っ暗なリネン室に連れ込まれた。突然の事態にわけが分からず、恐怖を覚えた。

暗闇に籠もっている男の息遣い——。

『俺は——悪人じゃない』

『悲鳴を上げられたら困る。頼む』

男は低く抑えた声でそう言い、ゆっくりと口を解放した。

自らをホームレスだと語った。真冬の寒さで凍死しそうになり、暖を取るために『ヴィクトリアン・ホテル』に忍び込んだという。

『エントランスホールで夜を明かそうかとも思ったけど、俺は宿泊客じゃないし、ホテルマンに注意されそうだったから、ホテル内をうろついて……。たまたま鍵が開いてたここに隠れたんだ』

正直、鵜呑《うの》みにできる話ではなかった。寒空の下で凍死を恐れたとしても、第一の選択肢が『ヴィクトリアン・ホテル』への侵入になるだろうか。

だが、疑問を口にするメリットは何もない。男に迎合し、信頼を得れば解放されるかもしれない。

そんなときだった。電話が鳴り、男が携帯電話を開いた。その仄明かりが男の顔を浮かび上がらせた。

はっとした。

目の前にいるのは、エントランスラウンジで目が合った男だった――。

『あなた、私の財布を盗んだ――』

思わず口にしていた。

男が目を剝き、顔を背けた。その反応で彼が財布を盗んだ犯人だと確信した。

今さら引き返せず、『私のお金は?』と問い詰めた。男はレストランで食事したと答えた。数万を一食で使ったという。ホームレスの行動とは思えず、口調に非難の棘が忍び込んだ。

だが、男は思い詰めた声で答えた。

『普段からこんなホテルの料理を食べ慣れてる人間には分からないだろうけど、一生口にすることがないようなご馳走を見せられて、我慢できなかったんだ……』

男の言葉が胸に突き刺さった。

自分の価値観で、本物のホームレスならこんな行動をするはずがない、と決めつけていたのかもしれない。彼の話が事実だとしたら——。

反省し、『……ごめんなさい』と謝った。男の境遇に同情し、理解を示すと、彼は自分の人生をぽつりぽつりと語りはじめた。話を聞くうち、自分がどれほど恵まれていたのか、思い知った。

客室係の女性がリネン室のドアを開けたのは、そんなときだった。男はすぐさまラックの陰に身を隠したが、崩れてきた枕を片付けていた優美は鉢合わせした。

窃盗犯が隠れていることを伝えようか、迷った。だが、葛藤のすえ、気がつくと、酔って部屋を間違えたと嘘をついていた。男の境遇に同情し、庇ったのだ。

リネン室を出たから、その後どうなったのか分からない。警察から連絡がなかったので、ホテル内では捕まることなく、逃げおおせたのだろう。

まさか十年が経ってから、同じ『ヴィクトリアン・ホテル』で再会するとは思わなかった。

「思い出してもらえましたか」

男が言った。十年前と違って敬語を使っている。

優美は「はい」とうなずいた。

「その節は……どうも」男は小さく頭を下げた。「俺は……三木本と言います」

十年前のあの出来事は、最近もある悩みが原因で思い出したばかりだった。

切符を買えずにいる外国人に千円札を手渡したエピソードをテレビ番組で語ったところ、SNS《ツイッター》で痛烈に批判された。

――そういう外国人はほとんど詐欺です。あなたは善意のつもりで気持ちよくなっているかもしれませんが、詐欺師に成功体験を与えただけです。あなたのせいで、これからも被害が出るでしょうね。犯罪者の片棒を担いだ責任を感じてください。

自分は犯罪を助長したのか。犯罪者に成功体験を与えたのか。自問し、苦悩した。

その批判が引き金となり、十年前の記憶が蘇った。

私の優しさが彼に成功体験を与えたとしたら――。

彼。

そう、十年前に自分が、窃盗の罪を見逃した男――。

三木本が苦しんでいるホームレスではなく、窃盗犯だとしたら、リネン室で庇った行為は犯罪者に成功体験を与えたことになる。犯罪者を見逃せば、別の誰かが被害に遭う。

三木本は下唇を嚙み締めていた。表情には悔恨の色がある。

彼が困惑を滲ませながら口を開いた。

「……あの後、たまたまテレビであなたの顔を見て、女優だと知ったんです。まさかここでまたあなたに会うとは想像もしていませんでした」

「私もです」

他にどう答えればいいのか分からなかった。

沈黙がしばらく続いたとき、優美はずっと気になっていたことを訊いた。

「本当にホームレスだったんですか？」

三木本は眉根を寄せた。眉間に苦渋の縦皺が刻まれる。

「……いえ」

「違ったんですか？」

「バイト先のコンビニでレジのお金を持ち逃げして、『ヴィクトリアン・ホテル』で豪遊しようと思っていた人間です」

聞きたくない真実だった。レジの金の持ち逃げに、ホテルの客の財布の窃盗――。れっきとした犯罪者だ。

自分は犯罪者の口車に乗り、愚かにも見逃してしまったのだ。後悔の念が胸を掻き毟《むし》る。

彼は成功体験が忘れられず、今も『ヴィクトリアン・ホテル』を狩場にしているのではないか。

私が見逃さなければ――。

優美は三木本を見つめたまま、一歩、後ずさった。

彼は害意がないことを示すように、両手を軽く上げた。

「怖がらないでください。俺は――後悔しているんです」

「後悔？」

「あのときは――」三木本は言葉を絞り出すように言った。「申しわけなく思っています。すみませんでした。佐倉さんが俺を庇ってくれたあの日、俺は初めて人の優しさに触れた気がしたんです」

「優しさに――」

「はい。罪を見逃してくれたからそう思ったわけじゃありません。俺の嘘を本気で信じて、庇ってくれた思いやりが嬉しかったんです。同時に罪悪感も抱きました。こんな優しい女性を騙してしまった――って。朝までリネン室にいたのに、誰も俺を捕まえに現れませんでした。通報されていなかったって知って、初めて自分の罪と向き合ったんです。それで――」

三木本は言葉を切り、ふーっと息を吐いた。

「俺は自首しました。それまでは盗んだ金を持って遠くの県へ逃げようと思っていたんですけど、あなたのおかげで警察署に行って、全ての罪を告白したんです」

自首――。

優美は驚き、彼の顔を凝視した。その瞳に曇りはなく、嘘をついているようには見えなかった。

「窃盗罪で逮捕されて、起訴されて、執行猶予がつきました。それからは派遣ですけど、真面目に働いています。人の優しさが存在するんだって――自分にも与えられるんだって、知ったおかげで、生きてこられたんです。ありがとうございます」

三木本は深々と頭を下げた。

優美は面食らった。

自分の優しさが誰かを傷つけたのではなく、救った――。

「私は――自分の選択が間違っていたんじゃないか、って、ずっと思い悩んできました。犯罪者に成功体験を与えて、別の被害者を作ったんじゃないか、って」

優美は、善意のつもりの行動がSNS《ツイッター》で批判された話を告白した。親切心が犯罪を〝助長〟すると言われ、〝社会的責任〟を考えろ、と責められた。そんな罪と責任が生じるとは思わず、困っているという外国人に親切心でお金を渡した。

批判され、十年前のリネン室の出来事を思い出し、あれも私のせいで犯罪を助長したのだろうか、と思い悩んだ。

三木本は黙って聞き終えた後、言った。

「……俺はあなたのおかげで改心できたんです。人生を取り戻せたんです」彼はぐっと拳を握り締めた。「当時の俺は世の中を憎んでいました。ハイチの大地震のニュースを観て、三十万人も死者が出たと知りながら、日本でも同じように災害が起これば、全員等しく不幸なのに、と思うほどでした。でも、実際に翌年、東日本大震災が起きて――。俺は自分の浅はかさを思い知りました。震災を経験していたら、さすがに他国の大地震ももっと深刻に受け止めていたと思います。執行猶予中の俺は現地でボランティアもしました。それが罪滅ぼしでした。俺を庇ったことで、あなたを長く苦しめてしまったとしたら申しわけなく思います」

優美は小さくうなずいた。

少なくとも、彼は私のせいで犯罪を重ねなかった——。

胸に長年突き刺さっていた棘がすっと抜け落ちたような気分だった。

「佐倉さん。俺が言うのは筋違いかもしれませんけど、純粋な善意や優しさがどっちに転ぶか、そんなことで責任を負わないでください」

「え？」

「俺は頭もよくないし、難しいことはよく分かりません。〝助長〟がどうとか、〝社会的責任〟がどうとか、そんな話には無知ですけど、思うことはあります。どう言えばいいか……」三木本は言葉を探すようにしばらく黙り込んだ。「……留置場の中には、性犯罪でとっ捕まっている奴《やつ》もいました。そいつがね、言うんです。思わせぶりな態度を取った女が悪いって。胸の谷間を見せた服を着て、カラオケみたいな個室について来るんだから、その気だったはずだ、誘った相手が悪い、って」

「それは自分勝手な言い分ですね」

「仮にあなたが優しくした相手がそれで得意になって、罪を犯したとして、何なんです？　そんな難癖をつけてくる奴は、その性犯罪者と同じで、犯罪者の罪を被害者に責任転嫁しているだけですよ。俺はそう思います。佐倉さんの優しさで見逃されて、自首するか、調子に乗って罪を重ねるか、その選択肢は相手に——俺にあって、どっちでも本人が自分で選んだことです。本人以外の誰に責任や罪があるんですか？」

昨夜の森沢と同じようなことを言っている。二人の言葉が胸を打つ。

「言いがかりなんて無視すればいいんです。騙されたとしたら、あなたは被害者であって、加害者でも共犯者でもありません。どうか、俺のせいで優しさを――美徳を失わないでください」

話を聞いていて、この十年で彼も変わったと思う。リネン室で向き合ったときの彼は、自分の不幸で世の中を憎み、人生の全ての責任を誰かに押しつけていた。本当に更生したのだ。

三木本は思い出したように、ズボンのポケットに手を差し入れ、財布を取り出した。開いて中身を確認し、紙幣を全部纏めて抜き出した。

「これ――」

三木本が差し出した紙幣――一万円札が四枚と千円札が二枚。

「十年前の罪滅ぼしを……。足りない分は、すぐにATMで下ろしてきます」

優美は当惑した。

「もうそんな……別に……」

「いや、受け取ってください。こうして出会ったのはあのときの償いをするためだと思うんです」

三木本の瞳には切実な感情が渦巻いていた。彼自身、それがけじめで、そうしなければ人生を前に進めないとでも思い詰めているかのようだ。

「……分かりました」

彼は償わなければ救われないのだ。なら、受け取ることが優しさであり、思いやりなのかもしれない。

優美はお金を受け取った。

三木本のほっとした顔が印象的だった。

「……それじゃ、私はセレモニーに戻ります」

「分かりました」三木本は言った。「残りはこれからすぐに。佐倉さんに会うと分かっていたら、お金を下ろしていたんですけど」

「気にしないでください」

優美は大広間へ戻った。

壇上では別のホテル従業員が挨拶していた。話を聞いていると、料理長のようだった。

大広間を見回すと、最後列の右端に森沢の背中を見つけた。意を決し、近づいていく。

「森沢さん……」

話しかけると、彼が振り返った。「あっ」と口が開く。だが、言葉は続かなかった。

気まずい間がある。

「話を――しに」

そう言うのが精いっぱいだった。

森沢は静かにうなずいた。

「……話の機会をくれてありがとう」

「いえ……」

しばし黙ったまま見つめ合った。

「とはいえ――」森沢が苦笑いした。「何を話せばいいかな。分からない」

「……母の話を」

「彼女の？」

「はい。もし私が知らない母を知っているなら、聞いてみたいと思いました」

森沢はうなずき、当時を懐かしむような口調で語りはじめた。出会った母とどんな会話をしたのか、彼は昨日の出来事のように覚えていた。

そんなときだった。

「あら？」

聞き覚えのある声がした。

林夫人だった。夫と手を取り合い、やって来た。

「お話し中ごめんなさい。お顔を見つけたものだから」

「いえ」優美は笑みを返した。「大丈夫ですよ。お二人もセレモニーに参加されていたんですね」

「そうなの。私たちの命を救ってくれたホテルだもの。最後は見届けたいわ」

何の話をしているのだろう。林夫妻も『ヴィクトリアン・ホテル』に並々ならぬ思い出があるのだろうか。

「昨日は心配してくれてありがとう」

志津子はほほ笑みを浮かべていた。

「とんでもないです。杞憂で安心しました」

「赤の他人のこんな年寄りを心配してくれて、嬉しかったわ。今年はコロナで世の中がギスギスしちゃっているもの」

「そうですね。東京オリンピックも延期になりましたし、コロナで世界が一変しました」

「……選手は可哀想ね。私たちが四十年前に初めてここに泊まったときは、ちょうどモスクワオリンピックのころでねえ。日本はソ連への政治的な抗議で不参加になってしまったの。選手の無念の声を聞いていると、そのときのことを思い出しちゃうわ」

志津子と会話していると、森沢が言った。

「お邪魔だろうから、僕は向こうにいるよ」

「そんな」志津子が慌てたように答えた。「お邪魔してしまったのは私たちだもの。私たちがお暇《いとま》するわ。お嬢さんの励ましで、もうしばらくお店を続ける決意をしたものだから、そのことを伝えたかっただけなの」

「そうでしたか。僕に気を遣わないでください。どうぞごゆっくり」

森沢が優しい笑みを向けたとき、志津子が目を見開き、言葉をなくした。森沢の顔をじっと凝視している。

石化から解けたように彼女が口を開いた。

「もしかして——森沢さん？」

森沢が「え？」と困惑の表情を見せた。記憶を探るように志津子の顔を見返す。

「……どこかでお会いしていましたか？　申しわけありません、すぐに思い出せず」

志津子は夫と顔を見合わせた後、身を乗り出すようにして言った。

「林です。四十年前、ここのエレベーターで命を助けてもらった……」

森沢が「あっ！」と声を上げた。「あのときの――」

「そうです、そうです。覚えてくださっていたんですね。連帯保証人で弁当屋を失った林です。森沢さんは命の恩人です」

何がどうなっているのか、理解が追いつかなかった。林夫妻は森沢と顔見知りなのだろうか。

目をしばたたかせていると、志津子が言った。

「私たち夫婦は、四十年前に森沢さんに命を救われたんです」

「いやいや」森沢が首筋を掻いた。「大袈裟ですよ、林さん。僕は何もしていませんよ。一緒にエレベーターに閉じ込められて、右往左往していただけです」

「そんなことはありません。森沢さんが心中を踏みとどまらせてくださらなかったら、今ごろ私たちは――この世にいません。いただいた助言のとおり、紹介してくださった弁護士さんに相談して、借金から救われたんです。その後は最初からまた一歩を踏み出して、弁当屋をはじめて、今までやって来られました」

一人取り残された気持ちでいると、四十年前に何があったのか、志津子が話してくれた。

森沢が熱弁して命の大切さを説き、連帯保証人の借金で心中を決意していた二人に信頼できる弁護士を紹介したという。

森沢にそんな一面があるとは想像もしなかった。

バブルの時代に女遊びを繰り返していた森沢も、それが彼の〝全て〟ではないのだ。

表に見える中のたった一面で人間性を断じようとした自分の浅慮を恥じた。

綺麗なだけで生きてきた人間がどれほどいるだろう。他人に〝潔癖〟を求められるほど自分は綺麗だろうか。

嫉妬もするし、打算もあるし、ずる賢く立ち回ることもあるし、感情的にもなるし、矛盾したことを言ってしまうこともある。怒るし、憎むし、嫌う。それでも、その負の一面が自分の全てではないことを自分で知っている。

少なくとも、負の感情を赤の他人にいきなり吐きつけて傷つけたりしない程度のモラルは持っている。

自分が優しい人間であるかは分からない。そうあろうと努めているし、そうありたいと思う。

「……森沢さん」優美は彼の目を真っすぐ見つめた。「今度、一緒に食事でもしましょう」

エントランスホールに掲げられた絵画の聖母同様、ホテルはあらゆる人々を包み込むように受け入れてくれる。ホテル内に流れる時間も人それぞれ違い、慌ただしく過ぎ去ることもあれば、ホテルの歴史のようにゆっくりと流れていくこともある。

ほんの一時、宿泊客の悲喜劇や人生模様が交錯する舞台――。

大勢に愛好された『ヴィクトリアン・ホテル』は、セレモニーで盛大に見送られ、百年の歴史にいったん幕を下ろした。

〈初出〉
Webジェイ・ノベル
・二〇二〇年三月三十一日配信
・二〇二〇年四月十四日配信
・二〇二〇年五月十二日配信
・二〇二〇年五月二十六日配信
・二〇二〇年六月十六日配信
・二〇二〇年七月七日配信
・二〇二〇年七月二十八日配信
※二三三ページ「佐倉優美」以降は書き下ろしです

この作品はフィクションです。実在する
個人や組織とは一切関係がありません。

[著者略歴]
下村敦史（しもむら・あつし）
1981年京都府生まれ。2014年『闇に香る嘘』で江戸川乱歩賞を受賞し、デビュー。数々のミステリランキングで高評価を受ける。15年「死は朝、羽ばたく」が日本推理作家協会賞（短編部門）、16年『生還者』が日本推理作家協会賞（長編及び連作短編集部門）の候補になる。著書に『真実の檻』『サハラの薔薇』『黙過』『悲願花』『刑事の慟哭』『絶声』『コープス・ハント』『同姓同名』などがある。

ヴィクトリアン・ホテル

2021年3月5日　初版第1刷発行

著　者／下村敦史
発行者／岩野裕一
発行所／株式会社実業之日本社
〒107-0062
東京都港区南青山5-4-30　CoSTUME NATIONAL Aoyama Complex 2F
電話（編集）03-6809-0473　（販売）03-6809-0495
https://www.j-n.co.jp/
小社のプライバシー・ポリシーは上記ホームページをご覧ください。

ＤＴＰ／ラッシュ
印刷所／大日本印刷株式会社
製本所／大日本印刷株式会社

ISBN978-4-408-53776-4（第二文芸）